ラルーナ文庫

ぷいぷい天狗、恋扇

鹿能 リコ

三交社

CONTENTS

Illustration

小路龍流

ぷいぷい天狗、恋扇

本作品はフィクションです。
実際の人物・団体・事件などにはいっさい関係ありません。

天狗《てんぐ》には二種類ある。

ひとつは烏《からす》天狗。またの名を木の葉天狗と呼ばれる存在だ。烏頭人身で山伏の衣をまとう。これは精霊や妖《あやかし》の一種で自然の霊気が凝《こご》って生まれ、通力は弱く、数も多い。

もうひとつは、いわゆる天狗。

人の姿をし、強い通力を備え、聖と魔、両方の属性を持つ。

霊山に住み、烏天狗に比べれば、数は非常に少ない。

なぜか？

天狗は元々単性、男しかいない種族だからだ。

女がいないのだから、人間やほかの生物――妖も含め――のように、つがいをなして子を生むということがない。天狗が群れても子は生じないのだ。

では、天狗はどうやって生まれるのか。

その方法はふたつ。

ひとつは、烏天狗と同じように、自然の霊気が凝って生まれる場合。

しかし、天狗をひとり生むためには、きわめて膨大かつ格の高い霊気を要する。天狗を生むほどの霊山は、山間部が七割に及ぶ日本でもそうそうない。

したがって、天狗が生まれる場所が非常に限られているため、数も少ないのだ。

もうひとつは、強い験力《げんりき》を持つ僧や行者が天狗となる場合だ。とはいえ、これもまた、とても珍しいことである。

そもそも、強い験力を持つ人間が少ないのだから、天狗になる者の数も限られる。

このような理由により、天狗は数が少ないのである。

これら、烏天狗と天狗は、大天狗と呼ばれる首領をいただき、集団で生活するのを常としている。

さて、とある地方に天狗が住む霊山がふたつあった。

ひとつは大無間山《だいむげん》といい、大無間山で生まれた巴陵《はりょう》が治めている。

元は十二天を祀《まつ》る霊山であったが、過疎化により祭祀《さいし》は絶えて久しく、四体の天狗たちは人の願いから解き放たれて、自由気ままに過ごしている。

もうひとつは御座山《おぐら》という。大無間山より人里に近く、こちらは僧侶から天狗になった高室《たかむろ》が治めていた。

御座山は、頂上に大山祇命《おおやまつみのみこと》の奥宮があり、麓《ふもと》の里宮には今も参拝者が多く、天狗らはさやかに両宮で神使として活動している。

このふたつの山の間は四里ほど。天狗にすればひとっ飛びという、きわめて近い場所にあった。

自由奔放な巴陵と、天狗となってもなお僧としてのありようを守ろうとする高室は、性質は真逆であったが、不思議にウマが合った。

このふたつの山の烏天狗たちは、しばしば他愛《たわい》のないことで喧嘩《けんか》をするが、大天狗同士の仲裁ですぐに仲直りをして、うまいことやっていたのだ。

とはいえ、ここ半年ばかりは険悪な状態が続いていた。

それもこれも、みな、大無間山の巴陵が悪いのだ。

御座山で一番若い、半人前の小天狗、青葉《あおば》がつぶやいた。

天狗に生まれたといっても、まだ修行中の身。生まれつき強い通力を宿していても、使える術はいくつもない。一人前の天狗の証《あかし》である羽団扇《はうちわ》もまだ授けられておらず、名も烏天狗らと変わらない、いわゆる幼名を名乗っている。

青葉はその名にふさわしく、瑞々《みずみず》しい若葉のように美しい、十七、八の少年の姿をしていた。

白衣という上衣と白い袴《はかま》をまとうが脚絆《きゃはん》はつけておらず、裾《すそ》からすんなりとした脛《すね》がのぞいていた。

濡羽色《ぬればいろ》の髪は背を覆うほどに長く、ひとつに結んでいる。

切れ長の瞳《ひとみ》は髪と同じく青みがかった黒で、その下にすっと伸びた鼻と小さめの口が品よく並んでいた。

青葉が一本足の高下駄で勢いよく山道を歩くごとに、背中で艶《つや》やかな髪が弾む。

そう、青葉は山道を歩いていた。

天狗の証である背の羽根は、右羽根が根元から折れていたからだ。

斜めに傾《かし》いだ羽根は飛ぶことはおろか、羽ばたくことさえできない。だから、青葉はこうして——天狗であるのに——人のように山を歩いて移動している。

高室の張った結界を越えるあたりで、「おや、青葉」と、声をかけられた。

声の主は、御座山に住む蝦蟇《がま》の妖であった。名は源蔵《げんぞう》という。

御座山の天狗たちの誰《だれ》よりも長生きしているという噂《うわさ》の持ち主だ。

天狗のように強い霊力を持ってはいないが、人——小柄な老爺《ろうや》——に姿変えができ、薬作りを得意としている。

中でも、源蔵からとれる油を使った軟膏《なんこう》は、どんな傷でもたちどころに治すと評判で、その軟膏を求めて御座山を訪れる妖や人もいるくらいである。

青葉が源蔵のもとへ駆け寄ると、源蔵が蝦蟇の面影の残る顔に笑みを浮かべた。

「青葉よ。宿堂の掃除は終わったのかい？」

宿堂というのは、天狗のための炊事場や寝泊まりする部屋からなる建物のことだ。

「さっきね。これで日暮れまで仕事はないから、こっちまで水珠《すいしゅ》を探しにきたんだ」

源蔵が懐に手を入れると、屈託なく笑顔を返す青葉に、小さな紙包みをさし出した。

「昨日来た客が、土産《みやげ》といって置いていったものだ。青葉に会ったら食わせてやろうと思ってな、こうして持ち歩いていたのよ」

源蔵から紙包みを受け取ると、青葉が破顔一笑した。

「ありがとう！　なんだろう？」

紙包みを開けると、小さな一口大の饅頭《まんじゅう》が四つも入っていた。

早速、青葉は饅頭を指で摘《つ》まみ、口に入れた。

「甘くて美味《おい》しい！」

そういいながらも、青葉は次の饅頭に手を伸ばし、源蔵にさし出した。

「源爺《げんじい》、一緒に食べようよ」

源蔵に饅頭を渡すと、青葉が手頃な岩に腰をおろした。その隣に源蔵が座る。

「おまえにやろうと思って持ってきたのだから、全部、青葉が食うてよいのだよ」

「一緒に食べたいんだ。美味しいものって、誰かと一緒に食べた方が美味しいから」

「相変わらず、仲間外れにされているのか。あれ以来、天狗はおろか、烏天狗どもにも邪険にされて、食事もひとりで食べているのだろう」

「まあね。……この羽根じゃ、嫌われてもしょうがないよ。飛べない天狗は、天狗じゃないから」

寂しそうにいうと、青葉がふたつめの饅頭を口に入れた。

「……すまないなぁ。怪我《けが》をしてすぐに儂《わし》の薬を使えば、その羽根も治せたろうに」

「高室様のご命令なんだから、しょうがないよ。高室様のいいつけを破ったら、源爺がきつい罰を受けただろうし」

「しかし、その羽根では、一生半人前。念者もできまいて。それでは寂しかろう？」

念者、の言葉に青葉の肩が小さく揺れた。

天狗は男だけの種族であるが、それでも性欲はあるし、誰かを愛する心もある。

同じ種族の天狗だけではなく、人の子や他種族の妖と結ばれることもあった。

そして、天狗が体をつなげ、本心から愛《いと》しいと思った時、愛した相手の手の甲に紋が浮かびあがる。

これを、念紋といい、一種の呪《まじな》いであった。

念紋は、天狗によって模様が違っている。その天狗の力、性格、存在そのものの在り方が紋として現れているからだ。

こうして浮かんだ念紋は、そのものに不思議な力がある。

遠くにいても、存在を感じられ、相手の状態がわかる。

念紋の受け手がそこに触れると、念紋を送った相手の、想いを感じる。

天狗の念紋を受けた者を念者と呼び、中でも、天狗同士で念紋を交わした場合、性行為において挿入する側を念兄、受け入れる側を念弟と呼ぶことになっている。

空を飛べなくなった俺は、天狗とはとても認められない半端者だ。そんな俺を愛してくれる天狗なんて、いないだろう。

「しょうがないよ。念者のいない天狗は多いし、俺だけじゃないもの。それに、俺は誰かとまぐわったこともないから、念者がいるってこともよくわからないからさ」

「念者ができないといえば……そう、大無間山の巴陵が有名であったな。あいつは、天狗はおろか人の子や妖とも、節操なしに体をつないでいるが、一度たりとも念紋が相手に出たことはないというなぁ」

「……巴陵の噂話なんてしないでよ。俺、あいつのこと、大嫌いなんだから」

以前から何度も噂は耳にしていたが、青葉は巴陵とは一度しか会ったことがない。

間近で見た巴陵は、噂通りの男前であったが、青葉の心証は最悪だった。

いや違う。会った時は、むしろよい印象を持ったのだ。

だが、その後のできごとにより、青葉の巴陵に対する評価は地に堕《お》ちていた。

「卑怯《ひきょう》なことをする人には、見えなかったんだけどなぁ……」

青葉の記憶に残る巴陵は、おおらかそうで、着流し姿でやたらと派手な錦の羽織がよく似合う、赤茶の髪に金色の瞳をした、立派な天狗であったのだ。

けれども、その巴陵が青葉が父のように慕う高室の宝物を盗み、高室を深く悲しませたことは、どうしても許せなかった。

絶対に、許せない。いや、許してはいけないと、青葉は固く思う。

黙りこくる青葉に、源蔵が話しかける。

「のう、青葉。おまえさんが宿堂にいづらいのであれば、儂と一緒に洞窟《どうくつ》に住むか？」

源蔵は、天狗たちの住処《すみか》——高室坊と呼ばれる——から少し離れた、天然の洞窟に住んでいる。

一年を通して気温の変化が少ない洞窟は、薬草の保存に最適だからだ。

「ありがとう、源爺。でも……もうちょっと頑張ってみる。今は高室様が俺を疎んじているから、みんなも冷たくするけど、高室様が俺を許してくれたら、みんなとも元通り、なかよくなれるから」

「そうか……。おまえさんの気が変わったら、いつでも儂の洞窟に来るといい。儂はいつでも大歓迎だからのう。おまえさんさえ望めば、儂がおまえの念者になろう」

「源爺が、俺の念者に？」

思いもかけないことをいわれ、青葉が瞬《まばた》きして聞き返した。

青葉にとって、大天狗の高室を父とするならば、源蔵は祖父のような、肉欲を超えた大事な存在であった。

源爺が俺の念者に？　そんなこと、考えたこともなかった。

「俺、は……」

青葉がいいかけた時、ふたりの頭上に羽音とともに影がさしかかった。

「こんなところにいたか、この、羽折れめが」

野太い声とともに、天狗の阿嘉《あよ》がふたりの正面に降り立った。

阿嘉は、天狗の中でも大柄で、二の腕など青葉の太腿《ふともも》よりも太い偉丈夫だ。

大樹の幹を思わせる太い首の上には、黒々とした眉《まゆ》にぎょろりとした瞳、しっかりした鼻に、大きく厚い唇という濃い顔がのっている。

阿嘉は、高室に心酔していて、わざわざ他の霊山から御座山に山移りしてきたほどだ。

それだけに、高室から冷たく扱われるようになった青葉へは、きつくあたる。

「仕事が終わったのなら、宿堂でおとなしくしていればよいものを……。こんなところで油を売りおって」

阿嘉が大きな目で青葉を睨《にら》みつける。

「違います。俺は、水珠を探すため、ここまで来たんです」

「この、たわけ者めが。水珠がこんなところにあるわけなかろう！　それにどうして、蝦蟇の妖などと一緒にいたのだ⁉」

「源爺には、偶然会ったんです」

「もうよい。このようなやりとり、するだけ無駄よ。……高室様がお呼びだ」

たくましい腕が伸び、青葉の首根っこをつかんだ。次の瞬間、ふわりと青葉の体が宙に浮いた。急いで青葉は源蔵に手を振る。

「源爺、またね！　お饅頭をありがとう！」

阿嘉はぐんぐんと上昇し、あっという間に高くそびえる杉のてっぺんを越えた。

……あぁ、空だ。

俺は今、空にいる。

かつては当たり前だった上空からの景色や頰《ほお》を撫《な》でる風が、震えるほどに懐かしい。

半年前、青葉が賊に襲われ、右羽根の根元から切り裂かれる前は、呼吸をするように空を飛べたのだから。

小枝のように小さく見える杉の木、糸のような小川、手に触れるほど近くにある雲。

眼前に大無間山がそびえ立ち、覆う木々の隙間《すきま》から岩肌とそこを流れる滝、そしてこれは天狗の視力があってこそだが、川岸の水神を祀る小さな祠《ほこら》さえ見てとれる。

地上からは決して望めない光景に、青葉の目に涙がにじむ。

懐かしさと、そして、自分が失ったものの大きさを痛感して。

じきに、豆粒ほどにしか見えなかった御座山の中複、高室坊に建つ宿堂や本堂——高室が僧だった頃の念持仏を祀っている——が、どんどん大きくなってゆく。

せっかく空を飛べたのに、もう終わりなんだ。

青葉が寂しく思った瞬間、本堂前の地上まで三間ほどの高さを残した場所で、阿嘉が青葉の襟から手を離した。

「――っ！」

とっさに青葉が羽根を羽ばたかせる。

左羽根が力強く羽ばたき、ふわりと体が宙に浮く。しかし、片羽根でいつまでも全身を浮かせることはできない。

青葉は右肩を下にして、地面に墜落した。

「っ！」

体に走る衝撃に、青葉の息が止まった。続いて、右肩に痛みが走る。

体を丸め痛みに耐える青葉を、本堂前で相撲をとっていた烏天狗たちが取り囲む。

「ややっ！　片羽根が落ちたぞ」

「天狗のくせに着地に失敗するとは、なんたる無様な」

「落ちた、落ちた。羽折れが落ちた！」

「高室坊の恥さらし!!」

烏天狗たちが、口々に青葉を囃《はや》し立てる。が、助けようと青葉に手をさし伸べる烏天狗はいない。

半年前まで、烏天狗たちは青葉のことを青葉様と呼び、一緒に相撲をとったり、天狗囃子や天狗倒しに興じた仲間であったのに。

それもこれも、青葉が御座山の主、大天狗の高室の不興を買ったからであった。

烏天狗は、風になびく葦《あし》のようなものだ。大風に逆らうようなことはしない。むしろ、大天狗の感情に染まり、意向を慮《おもんぱか》り、先読みして過激なまでの行動にでる。

そこに悪意も悪気もない。むしろ、あるのは恐れや怯《おび》えだ。

弱者が強者におもねるのは、弱者が生き残るための術《すべ》なのだから。

青葉は右肩を左手で押さえながら、深く呼吸をくり返した。

天狗の身体《からだ》は人より丈夫にできている。治癒能力も高い。人間ならば骨折するような衝撃も、せいぜい打撲傷か悪くても脱臼《だっきゅう》するくらいだ。

霊山に漂う気を患部に集めれば、打撲くらいはすぐに治る。

けれども、右羽根を使えない青葉は、霊気をうまく扱えない。

なぜならば、天狗の羽根は通力の源であったから。

「う……っ。くっ」

霊気が思うように集まらず、青葉が痛みに苦悶《くもん》の声をあげた。

「……何をしているんだ！」

風鈴の音のような、涼やかな声がしたかと思うと、青葉を囃したてる烏天狗たちが一陣の風に吹き飛ばされる。

そうして現れた天狗の由迦《ゆか》が、青葉に駆け寄った。

「いったい、どうしたというんだ……。あぁ、肩が痛むんだね」

由迦が霊気を青葉の右肩に集めると、痛みがみるみるうちに消えてゆく。

青葉が安堵《あんど》の息を吐くと同時に、地面に転がった烏天狗たちが騒ぎ出す。

「由迦様、酷《ひど》いです！」

「我らが何をしたというのですか!!」

「黙るんだ。怪我をした青葉を助けもせずに……おまえたちは何をしていた！」

由迦が烏天狗らを一喝すると、蜘蛛《くも》の子を散らすように烏天狗たちが逃げてゆく。

「まったくしようのない奴らだ。……青葉、もう大丈夫だね。立てるかい？」

由迦が青葉の手を取り立ちあがらせた。

「ありがとう、由迦様」

由迦は、御座山では大天狗の次に通力の強い天狗であった。

長く白い髪を背中でひとつに結っている。背は青葉より少し高く、柳の木のようにしなやかな肢体の持ち主だ。

肌は白く、濡《ぬ》れたような瞳は黒。切れ長の目が艶っぽく、御座山以外は知らない青葉であるが、こんな綺麗《きれい》な天狗はどこにもいないと思うほど、顔立ちは整っている。

元々は大無間山の天狗であったが、高室に惚《ほ》れて山移りをし、それ以来ずっと高室の念弟である。

そして、高室の不興を買った青葉に対して、以前と変わらず接するのは、源爺を除けば、由迦だけであった。

「……まったく、あいつらにも困ったものだね」

由迦がため息まじりにつぶやくと、それまで事態を静観していた阿嘉が口を開いた。

「由迦、青葉への治癒は禁じられているはずだ」

「僕が聞いたのは、右羽根の治癒に対してだけだ。それ以外については、高室様は何もおっしゃっていない」

「では、高室様に上申し、今後一切、青葉への治癒を禁ずるよう命じてもらおう」

「阿嘉、おまえは自分が何をいってるのかわかっているのか？　なぜ、わざわざそんなむごいことをする」

女性的な容貌《ようぼう》をしていても、由迦の芯《しん》は強い。阿嘉に対しても一歩も引かず、逆に睨みつけさえした。

まずい。このままだと、俺のせいで阿嘉様と由迦様が喧嘩になっちゃう。

「早く、高室様のもとへ参りましょう」

青葉が健気《けなげ》に言い募ると、由迦が小さくうなずいた。

「青葉は僕が連れてゆく。さあ、青葉、行こう」

阿嘉から庇《かば》うように、由迦が青葉の背に手を回す。

以前と変わらぬ由迦の優しさに、青葉の体がほっと緩んだ。

ふたりが、本堂前から高室の住む建物――御座山では庫裏《くり》と呼ぶ――に向かった。

高室は御座山では別格の存在であるがゆえに、独居する特権を得ているのだ。

……高室様の庫裏に呼ばれるのは、いつぶりだろうか？

由迦の体温を感じながら、青葉が心の中でつぶやいた。

青葉は、この御座山で生まれた天狗だ。赤子として生まれたのではなく、三歳くらいのこどもの姿で顕現した。

顕現したのは、高室の庫裏で、高室による結界で守られていたはずの水珠という名の宝珠を、なぜか手にして遊んでいたという。

まるで水珠から生まれたようだと、高室はことさら青葉に目をかけ、かわいがった。

「人であった頃の私には、妻子がいなかったが……きっと、こどもがいたら、このように愛しいと思ったのだろうね」

高室は、よく小さな青葉を膝《ひざ》にのせ、頬ずりしながらそういったものだった。

そんな時には、必ず由迦が隣にいて、ふたりをほほえまし気に見守っていた。

青葉は生まれつき通力も強く、その上、ろくに術も使えない時から水珠に呼ばれて雨を降らすなどの行為をしていた。

いずれ高室の後を継いで、この御座山の大天狗になるものだと、青葉も周囲もそう思っていたのだ。

半年前の、あの日までは。

その日、高室は富士山の大天狗、雨乞《あまご》いで名高い、富士山小御嶽石尊《こみたけせきそん》大権現に呼ばれ、御座山を留守にしていた。

青葉は修行を終えた後、いつものように自由に過ごしていた。

木のてっぺんをぷいぷい跳ねながら進むうち、御座山の外れで天狗を見つけた。

赤茶の髪に金色の瞳の天狗は、青葉が初めて見る天狗であった。

高室様がいない時を狙《ねら》って、術比べに来た奴かな？　だったら、高室様のかわりに俺が相手をしてやろう。

まだ羽団扇もないというのに、無謀にも青葉がその天狗——大無間山の大天狗、巴陵——のもとへ向かった。

その巴陵は、なぜか喉元《のどもと》を押さえて膝をついた。

……術比べじゃなくて、気分が悪くて助けを求めに来たのか？

だったら、急いで助けなきゃ！

元僧侶だった高室が統べる御座山では、天狗たちは聖の方によっている。

中でも、高室に息子のように溺愛《できあい》された青葉は、その傾向が強い。

全速力で巴陵のもとへ向かう青葉の目を、鋭い光が射抜いた。

なんの光だ？

青葉が空中に静止し、光の源を探して旋回する。

跪《ひざまず》き、苦しそうに咳《せ》き込む巴陵の背後に、抜身の太刀《たち》を手にした天狗がいた。これまた、青葉の知らない天狗だ。

太刀……。なぜ、あの天狗はあんなものを持ってるんだ？

太刀を手にした天狗が巴陵に近づき、手にした得物を振りかぶった。

すんでのところで、巴陵が手にした団扇で刃を受け止める。

あの天狗、襲われてるんだ。よく見れば、怪我もしてるんじゃないか？

幸い、羽根に怪我はないが、錦の衣装が切り裂かれ、血に赤く染まっていた。

あの天狗を、助けなきゃ！

青葉が勢いよく翼を羽ばたかせ、太刀を手にした天狗に体当たりした。

突然の青葉の攻撃に、太刀を持つ天狗が吹っ飛んだ。

「大丈夫ですか？」

「おう、すまない」

咳き込みながらも、巴陵が青葉に笑顔を向けた。

こんな状況にもかかわらず、巴陵の笑顔は眩《まぶ》しく、青葉はまるで太陽を目にしたように目を細めた。

「今のうちに逃げましょう。飛べますか？」

「薬を盛られて、通力が思うように使えなくてな。だが、やってみよう」

よろめく巴陵に手を貸すと、青葉の手に赤いものがついた。巴陵の右腕の傷から流れた血が、手首まで濡らしていたのだ。

しっかと青葉が巴陵の手を握って飛びはじめたが、どうにも巴陵の羽ばたきが鈍い。

一度は宙に浮いたものの、数十間も飛ばぬうちにふたりは地面に降りてしまう。

「ごめんなさい！　俺、まだ半人前で飛ぶ力も弱いんです」

「謝るのはこっちだ。しかたない、走って逃げるとするか」

このあたりなら、青葉は掌《たなごころ》を指すように知っている。身を隠すのにちょうどいい洞窟や木の洞、御座山の天狗しか知らない抜け道など、いくつも思い浮かんだ。

「そうしましょう。……えっと……」

助けた天狗の名を呼ぼうとして、青葉が言葉に詰まった。

「俺は、御座山の小天狗、青葉です。あなたは？」

「このあたりに俺を知らぬ天狗がいるとはね。俺は大無間山の大天狗、巴陵だ」

名を聞き、驚く青葉に巴陵がにやりと笑いかけた。

「俺を誰か知らないのに助けてくれたのか……。青葉、おまえの心意気、気に入った。褒美にこれを貸してやろう」

巴陵が左手に持つ羽団扇を青葉に渡す。

通常、天狗の羽団扇は、自身や仲間の羽根を団扇にしたものだ。しかし、巴陵の団扇は違った。

孔雀《くじゃく》の羽根を赤く染めたかのような、不思議で美しい模様の羽根を束ねたものだ。

「まさか、これ……大無間山の秘宝、鳳扇《ほうせん》⁉」

「俺の顔は知らなくとも、鳳扇は知っていたか。さすがに力を出すことはできんだろうが、太刀を防ぐ助けにしてくれ。なにせ、今の俺は、利き手がコレだからな」

巴陵が血でしとどに濡れた右袖にまなざしを向ける。さきほどの応酬で、傷が酷くなったのか、巴陵の右手からぽたぽたと血が滴り落ちている。

青葉といえば、他山の秘宝を手にした高揚と、その秘宝を預ける巴陵の度量の大きさに感動していた。

その間に、血塗《ちまみ》れの太刀を手にした天狗がやってきた。青葉は思い切って、手にした鳳扇を両手で扇《あお》ぐ。

その瞬間、小さいながらも炎が生じ、天狗めがけて空を走った。

「！」

天狗は突然生じた炎にのけぞり、脚を止めた。その隙に青葉と巴陵は手に手を取って、木々の間を駆け抜ける。

「もう少し行くと、小さな洞窟があります。そこで、巴陵様の傷を治しましょう」

ふたりの背後で、火の手があがっていた。さきほどの炎が、地に積もった枯れ葉や枯れ枝に燃え移ったのだ。

まずい。後で高室様に叱《しか》られちゃう。いや、でも……あれが狼煙《のろし》になって、烏天狗たちが様子を見に来るかもしれない。

だとしたら、助けを、呼べる。

希望を胸に青葉が走る。いや、その思いが油断を生んだのかもしれない。

「青葉、後ろ！」

巴陵の声に青葉がふり返る。すると、すぐそこまでくだんの天狗がふたりに迫っていた。

鳳扇を扇ぐ暇もなく、刃《やいば》が巴陵に迫る。

「――危ない！」

青葉がとっさに巴陵の体を押した。前のめりになった青葉の背を、刃が切り裂く。

刃に切られた箇所がひやりと氷に触れたように冷たくなった。

次の瞬間、血が吹き出し、猛烈な痛みが青葉を襲った。

「あぁあああ！」

「青葉！」

巴陵が叫ぶ。しかし、その声は青葉の耳に届かない。羽根の付け根——急所——を裂かれた痛みが青葉を染め抜いた。

痛い。痛くて、熱い。痛い……っ！

青葉の手から力が抜けて、鳳扇が地に落ちる。

「……すまねぇな、まだ半人前のおまえを、こんなことに巻き込んじまった」

優しい、優しい声がした。

温かいものが青葉の右羽根に触れ、わずかであるが治癒の気が青葉に通ってきた。

すぐに痛みが和らいで、青葉は気を失ってしまう。

そして、次に目覚めた時には、青葉は宿堂の自分の寝床にいたのだった。

「よかった、青葉。目を覚ましたんだね」

枕元《まくらもと》には由迦がいて、目覚めた青葉に嬉《うれ》しそうに微笑《ほほえ》みかける。

「体の具合はどうだい？」

由迦の言葉に身動きした途端、右羽根の根元に痛みが生じ、同時に失血——大量の気を失ったこと——による眩暈《めまい》に襲われた。

「まだ、よくないです。……ところで、巴陵様はどうされましたか？　ご無事でいらっしゃいますか？」

巴陵の名を口にすると、由迦の顔色が変わった。

「青葉、君、巴陵様と会ったのかい？」

「巴陵様が襲われていたところに、偶然、出くわしました」

「ちょっと待っててくれ。高室様に話をしないといけなくなった」

青ざめたまま由迦が席を外した。

由迦は戻らず、かわりに烏天狗らが「高室様がお呼びです」と、告げにきた。

青葉は烏天狗に両脇《りょうわき》を抱えられ、高室の庫裏に連れて行かれた。

庫裏を入ってすぐの和室には、上座に高室が、その左右に阿嘉と由迦が座っていた。

高室も由迦も阿嘉も、普段と様子が違っていた。

気が立っているのを、無理に抑えつけているようであった。ひたひたと肌に重圧が迫ってきて、空気が重い。

そこで、青葉は高室から怪我をした経緯を尋ねられた。何者かに襲われていた巴陵を助け、賊の刃から庇ったと答えると、高室の形相が変わった。

「この大馬鹿者めが！　その巴陵は、私の留守を狙って水珠を盗んだのだぞ！」

「でも、巴陵様はそのようなこと、一言もおっしゃっていませんでした」

「盗人が、わざわざ盗みを働いたというわけなかろう！」

一喝する高室の怒気のすさまじさに、空気が震え、障子紙が破れた。

「いいか。巴陵は水珠を盗んだ後、大無間山に逃げようとしたところを、ここにいる阿嘉と由迦に見つかったのだ。山の火事は、巴陵が鳳扇を使った証！　おまえが敵と思ったのは、巴陵を追っていた由迦だ」

「……え？」

青葉が目を大きく見開いた。

あの、太刀を持った天狗が由迦様だった？

そんなこと、ありえない。

「それは、何かの間違いです。巴陵様が水珠を盗んだことはともかく、あの方と俺を襲った天狗は、由迦様とは別の天狗です」

「くどい！」

高室が苛立《いらだ》ちも露《あら》わな声でいい、青葉から顔を背けた。

「青葉、おまえには失望させられた。……盗人を庇って負ったその傷、罰として治すことを禁ずる。いや、水珠がわが手に戻るまで治ってはならぬのだ！」

雷《いかづち》のような一喝が、青葉の全身を貫き、右羽根のつけ根に痛みが走った。

「高室様、それは、あまりにも酷《むご》すぎます」

「この私が、ならぬ、といったのだ。由迦、おまえとて私の言葉に逆らうのなら、この山から出て行ってもらう」

「……高室様」

由迦が眉根を寄せ、悲しげにうつむいた。

「阿嘉、このことを他の者にも告げよ。烏天狗たちや、蝦蟇の源蔵にもだ」

「かしこまりました」

嬉し気な顔をして阿嘉が頭をさげた。

元々、阿嘉は青葉に対して隔意があった。このたびの高室の決断で、今まで抑えてきたものを解放できた。そんな表情をしていた。

それから、青葉は宿堂の自室に捨て置かれた。

由迦が気遣い、食事の世話はしてくれたが、決して傷の治癒はしてくれなかった。

青葉も、治してほしいと頼まなかった。

いえば、高室の命令と青葉への情の板挟みに、由迦が苦しむのがわかっていたから。

その由迦も、高室の目を盗んで食事を運ぶため、最低限の会話しかせず、来てもすぐに去ってゆく。

以前の半分以下になった通力で、青葉は少しずつ傷を癒《いや》していった。

なんとか傷はふさがったものの、なぜか切れた腱《けん》――気脈――はつながらない。

気脈がつながれば、その周囲に霊体が形成される。すなわち、青葉の羽根は治る。けれども、肝心の気脈がつながらないから、怪我は治りようがない。

それゆえに、青葉の右羽根はいまだ羽ばたくこともできず、垂れさがったままで、通力の元となる霊気を集めることもできないままだった。

「……青葉、庫裏に着いた。履物を脱いで」

追憶にふけっていた青葉は、由迦の声で現実に意識を戻した。

三和土《たたき》と和室を隔てる襖《ふすま》の向こうから、賑《にぎ》やかな声がした。

「真円《しんえん》殿が来ているんだ。高室様も、久しぶりに機嫌がいい」

真円というのは、御座山に出入りしている行者だ。人間ではあるが、各地の山岳霊場で修行をし、大天狗に比肩する法力を得ているといわれている。

一見したところ、四十代のはじめほどの年恰好《としかっこう》で、山歩きで鍛えたと思《おぼ》しき頑強さと俊敏さを兼ね備えた肉体の持ち主だ。

性格は豪放磊落《ごうほうらいらく》を絵に描いたように爽快《そうかい》で、酒に目がないのが欠点であった。

青葉が初めて真円を見た時から五十年は経つが、ほとんど外見は変わらない、天狗以上に、謎《なぞ》な人物である。

「高室様、青葉を連れて参りました」

由迦が声をかけると、すぐに真円の声で「入れ、入れ」と返事があった。

襖を開けると、高室と真円は酒盛りの最中であった。漆塗りの酒杯を手にしたふたりの間に揃《そろ》いの盆とチロリが、そして一斗樽《いっとだる》が高室の脇に置かれている。

青葉だけが部屋に入り、由迦は「失礼します」といって去っていった。

「おお、青葉！　一年ぶりだな。元気にしていたか？」

変わらぬ真円の笑顔に、青葉は泣き笑いの表情になる。

そうして、真円に手招きされて、青葉はその隣に座った。

「随分と痩《や》せたなぁ。高室殿、ちゃんと青葉に飯を食わせておるのか？」

真円の言葉に、高室が眉を寄せた。

久しぶりに青葉は間近で高室を見た。

優しかった表情は消え失せて、苛立ちと焦燥が眉間《みけん》に皺《しわ》となり、刻まれている。

高室は、背は、青葉より頭半分ほど高いくらいか。見た目は三十代はじめくらい。上品で男らしく整った顔立ちをしており、肩につく長さの髪で前髪は後ろに流している。

元々、高室は京の下級貴族の子弟であった。比叡山《ひえいざん》の僧侶となり、学識、行法、ともに優秀で、みるみるうちに頭角を顕《あらわ》した。

とはいえ、比叡山は上級貴族の子弟ばかりが高位に就いた時代である。次第に高室は山岳修行に打ち込むようになり、三十を過ぎた頃には、京を捨て各地の修行場を巡り、天狗さえも退治するほどの法力をつけた。

その頃、この御座山の麓にある御鏡池《みかがみいけ》に住む蛇と出会った。その年は猛暑の上、雨が少なく、神格を持つ蛇でさえ、雨を降らすことはできなかった。

その蛇は、天女もかくやという美女の姿で、高室に雨を降らせてくれるよう頼んだ。

『わが身はどうなってもかまいませぬ。どうか、この地に雨を降らせてください』

草庵の床板に額をつけ、懇願する蛇の姿に、高室は憐《あわ》れみと恋情を覚え、蛇を水珠に変え、その水珠を使って雨乞いすることにより、この地に雨を降らせた。

そうして、高室は、蛇にかわりこの地を守るため、天狗となった。

ただ一度の邂逅《かいこう》は、それゆえに高室の中で永遠で、至高であった。

由迦を念者として抱きはしても、高室が一番愛するのはあの蛇の神霊であり、その魂を宿した水珠であった。

その水珠——愛する者——を失った悲しみが怒りとなり、高室を変えた。

早く、水珠が返ってきて、高室様が元の優しかった高室様に戻りますように。

それは、御座山のみなの願いであったが、巴陵は一向に水珠を返す気配がなく、高室の悲しみは続いていた。

「……飯ならば、真円殿、これからは、そなたがたんと食わせてやればよい」

これからは真円様が俺に食わすって……どういうことだ!?

青葉がすがるような眼をして高室と真円を交互に見る。

「つまりな、青葉よ。儂が、日本酒一樽を引き換えにしておまえを譲りうけたのだ」

「譲る……？　いったい、どういうことですか、高室様！」

「言葉通りの意味だ。真円殿が天狗の眷属《けんぞく》を必要としているので、おまえを渡すことにした。今後は、真円殿を主《あるじ》とし、誠心誠意、仕えるがいい」

高室様は、俺が御座山からいなくなってもいいくらい、俺のことを嫌いになっていたんだ……。

大きく見開いた青葉の目から、ポロポロと涙が溢《あふ》れる。

高室は青葉から目を背けたまま杯に口をつけた。

「しかし、真円殿もかわっておられる。今のこやつなど、烏天狗ほどにも使えないだろうに。なぜ、青葉がほしいのだ？」

「いや、それは……」

高室の問いに、真円が目を泳がせ、恥ずかしそうに口を開いた。

「青葉は、人の子にも珍しき美形であるから。ま、その、なんだ。……察してほしい」

「あぁ、夜伽《よとぎ》の相手がほしかったのか。確かに、今の青葉には、それくらいしか使い道はなかろうな」

真円の答えに、高室が深くうなずいた。

「というわけで、儂はこれで失礼する。……では、青葉行くぞ」

力強い真円の腕に支えられ、青葉がよろめきながら立ちあがる。

「さて、青葉、儂の中に入ることはできるか？」

中に入るというのは、眷属として真円に憑《つ》くことだ。人に幽霊が憑いた状態と同じことである。

真っ赤な目をした青葉がこっくりとうなずき、光の玉に姿を変えて中に入った。

真円が笈《おい》を背負い、庫裏を出て、御座山を後にする。

由迦様に、お別れのご挨拶《あいさつ》もできなかった……。

真円の影に潜む青葉のまぶたが熱くなる。

昼間から飲酒したにもかかわらず、真円の足どりは確かで、まるで空中を飛んでいるかの如《ごと》く、すいすいと道なき道を歩いていった。

すぐに御座山の結界を越え、山を覆う高室の波動が消えて、青葉は悲しみと寂しさに息を吐いた。

真円様がいるとはいえ、こんな羽根の俺でも、やっていけるんだろうか。

いつも感じていた高室の気配が消え、青葉は強い不安に襲われる。

「……さて、青葉。到着したぞ。儂の中から出るがいい」

真円の声がして、青葉は光の玉の姿で外に出た。空中でぶるりと玉が震え、天狗姿の青葉が顕現する。

いずれ、どこぞの山小屋か行者の修行のための洞窟に着いたのだろうと思っていた青葉は、濃厚に感じる天狗の気配に目を丸くした。

ここは、どう考えても天狗の住処だ……。

驚く青葉が主の真円を見やる。真円は、満面の笑顔で日本酒の一升瓶に頬ずりしており、その正面には、あの巴陵が胡坐《あぐら》をかいて座っていた。

あぁ、よかった。巴陵様は生きていたんだ。それに元気そうだ。

……って、なに考えてるんだよ！　巴陵は水珠を盗んだ極悪人なんだ。安心なんか、しちゃいけないんだ。

以前と同じ着流し姿の巴陵が、青葉に笑顔を向けた。

「よう、小僧。久しぶりだな」

「な、なんで、おまえがここにいるんだ！」

「なんでって……。そりゃ、ここが大無間山の巴陵坊だからだ。小僧、あの時は世話になった。おまえのおかげで、俺は命を長らえた。右腕も、ほら、この通りだ」

人懐っこい笑顔を浮かべ、巴陵が右腕を動かしてみせる。

巴陵は、高室様の水珠を盗んだのに、どうして、俺にこんなふうに笑いかけるんだ!?

「真円様、これはいったい、どういうことですか？」

隣に座る真円に、青葉が勢いこんで尋ねる。

「いやなに、儂がおまえを眷属にしたいといったのは、嘘《うそ》なのだ」

「嘘!?」

「おまえが御座山で酷い目に遭っていると伝え聞いた巴陵が、それならおまえを大無間山に迎えたいと言い出してな。しかし、まともに申し出ても叶《かな》わぬだろうと、この日本酒と引き換えに、儂が一芝居うっておまえを連れ出した……ということよ」

謝礼の一升瓶をしまらない顔で撫でながら、真円が答えた。

「日本酒一升……」

真円が青葉を眷属にするため、高室への見返りとしたのは、日本酒一樽であった。

そして、巴陵が青葉と引き換えに真円に渡すのは、日本酒一升なのだ。

「俺……どんだけ値下がりしてるんだよ。普通、こういうのって、どんどん価値があがってゆくものでしょう！」

青葉が絶叫した。

「いやいや、青葉。大無間山には酒泉と呼ばれる不思議な洞窟があってな。そこに三日ほど日本酒を置いておくと、酒泉の気を吸い、どんな酒でも天上の美酒もかくやという旨《うま》い酒になるのよ」

「だが、うちの山の奴らは三日も待てなくて、酒とあらばすぐに飲んじまうから、幻の酒と呼ばれている。今回は、俺が青葉の身柄と引き換えにするから手を出すなと命じた上に、結界も張ったんだ。とはいえ、一升瓶を十本置いていたのに、無事だったのは、たった一本でなぁ。つまり、最初は一斗分用意していた。だから安心しろ」

わなわなと震える青葉に、真円と巴陵がかわるがわる事情を説明する。

「いったい、何を安心しろというんですか！」

間抜けすぎる経緯に、青葉がその場に突っ伏して泣きだす。

「これ、泣くな、青葉。そうだ、儂がもらった謝礼の酒を好きなだけ……いや、一合……いや、一口飲ませてやるから、機嫌を直せ」

「そんな酒、いりません！　全部、真円様が飲んでください」

「そうかそうか。青葉、おまえはいい子だなぁ」

青葉は、これほどまでに自分の要望に忠実な──赤裸々にダメ人間っぷりを晒《さら》す──真円を見るのは、初めてだった。

高室様と一緒の時と、全然違う……。ここが大無間山……いや、巴陵と一緒にいるからなのか？

「青葉、泣くな。諦《あきら》めてここで俺と暮らせ」

そう優しい声がしたかと思うと、青葉の背に温かいものが触れた。

「あの時、切られた羽根がどうなったか気になっていたが……。そうか、こんなことになっちまってたか……」

今にも千切れそうに垂れさがった青葉の右羽根を、くり返し巴陵の手が撫でる。

「触らないでください！　俺は、あんたのことが、大嫌いなんだ！」

そういって、青葉が巴陵の手を跳ねのける。巴陵の手が青葉の背から離れたが、今度は巴陵が青葉に覆い被《かぶ》さってきた。

「生憎《あいにく》と、俺は、おまえが大好きでね」

熱く湿った息が、青葉の耳に吹きかかる。

その瞬間、巴陵から発せられる何かが、毛穴から全身に吸い込まれ、青葉の身を震わせた。

寒気……じゃない。体の奥底が、変に熱い。こんなふうになるのは、初めてだ。

初めての感覚に、青葉がとまどう。

「おい巴陵。盛るのはかまわないが、儂がいるのを忘れるなよ」

「なんかこいつ……いい匂《にお》いがするんだよ。真円、悪いが席を外してくれ」

巴陵が青葉の首のつけ根の匂いを嗅《か》いだ。巴陵の唇がうなじに触れて、青葉の肌がざわめく。

巴陵の言葉に、一升瓶を抱え、真円が立ちあがる。

「さて、青葉。そなたは今後、この大無間山の小天狗となるのだ。それが儂の、主としての最初で最後の命よ。今後は、心して、巴陵殿に仕えるよう」

「……」

真円の命令に、青葉は答えず、唇を噛《か》みしめる。

どうして……。どうして、高室様を悲しませた者に仕えなければいけないんだ？　それに、真円様はなぜ、盗人なんかを手助けするんだ？　高室様の友であるならば、そんなこと、できないだろうに。

「達者でな」

そういいおくと、一升瓶を大事に抱きながら真円が部屋を出て行った。

あとには、青葉の匂いを嗅ぎ続ける巴陵と青葉のふたりが残される。

「いい加減、離れろよ！」

「そう耳元で喧々《けんけん》と騒ぐなよ。……それにしても、おまえ、前と随分態度が違うな。初対面の時は、もっとかわいげがあったのに」

拗《す》ねた声でいうと、巴陵が青葉の体に腕を回した。

畳に青葉をあおむけに寝かせると、巴陵が両腕を青葉の脇につき、顔をのぞきこむ。

「……もしかして、俺を庇って片羽根が使えなくなっちまったからか？　俺なんか助けなきゃよかったと、後悔してるのか？」

悲しげな声に、青葉の頭に血がのぼった。

「……馬鹿にするな」

怒りのあまり頭が冷えて、青葉がどすの利いた声を出す。

「困っている天狗を助けたんだ。片羽根がこうなっても、後悔していない」

俺は、仲間を助けた。いいことをしたんだ。

強く、青葉は自分に言い聞かせる。

前に、高室様がいっていた。悪いことをせず、いいことをしなさいって。

だから、俺は高室様の教えを守ったことを誇りに思いはしても、悔やんだりしない。

悔やんだり、したくない。

きっぱりと言い切る青葉を、巴陵が眩しそうに見やる。

「俺がおまえを嫌いなのは、おまえが水珠を盗んだからだ。それとこれとは、話が別だ」

「またその話か？　俺はそんなもの、盗んじゃいない。御座山の使いにも、きちんとそう伝えたはずだ」

「だったら、なぜ、水珠はなくなった。なぜ、あれがなくなった日に、おまえは御座山にいたんだ」

そうだ。偶然にしては、あまりにもできすぎている。

「あの日、手紙で御座山に呼び出されたんだよ。由迦の呼び出しだと思っていたが、由迦はそんな心当たりはないといっていた。俺だって、さっぱり心当たりがない」

「そんな嘘をつくな！」

あくまでも白を切る巴陵に、青葉が大声を出した。

「嘘じゃねぇ。第一、俺が水珠を盗んで、なんの得がある？　あれは、俺には使えないんだよ。相性が悪すぎる。使えない宝なんて、言葉通り、宝の持ち腐れだ。そんなもん盗んでどうするってんだよ」

巴陵に答えに、青葉が言葉につまった。

確かに、そうなんだ。水珠は、元が神格持ちの蛇霊だったせいか、使う者を選ぶ。御座山でも、高室様と俺しか、水珠の力を引き出すことができなかった。

巴陵の説明に納得しつつも、まだ、青葉は巴陵が水珠を盗んだ、という考えを捨てきれずにいた。

「使う以外の目的かもしれない。……水珠は、高室様の大切なものだった。高室様を苦しめようとするなら、あれを盗むのが一番効果的だ。実際、水珠がなくなってから、高室様は変わってしまった……」

高室の変わりようを思い出すだけで、青葉は悲しくて泣きそうになった。

厳しいけれど優しくて、穏やかだった高室が、烏天狗たちに〝今の主は、高室様ではなく、氷室様だ〟と、陰口をたたかれるくらいに、怒りっぽく、そして冷たく変わってしまったのだ。

「俺は、高室を嫌っちゃいないし、遺恨もない。……だが、高室が変わったっていうのは、本当なんだな。おまえのその羽根、高室の命令で、治してもらえなかったって？」

「……」

「俺の知ってる高室ならば、絶対にそんなことはしねぇはずだ。罰を与えることはあっても、まずは羽根を治してからにするだろうよ」

「それだけ、おまえに対する怒りが強いということだ」

「俺じゃなくて、水珠を盗んだ奴に対する……だろう？　だが、どんな誤解をしたのか知らないが、おまえの羽根を治さないっていうのは、筋が違う。……が、そんなことは、どうでもいいか。もう、おまえは大無間山の天狗なんだし、これからはここで面白おかしく、愉快に過ごそうじゃないか」

巴陵が青葉の頬に手を添えた。その手を、青葉は乱暴に払いのける。

「俺は、納得してない。すぐに俺を御座山に帰せ！」

「帰ったって、もう、あそこにおまえの居場所はないんだぞ。羽根も治してもらえない、ひとりぼっちだ。そんなとこに帰って、何が楽しいんだよ」

「どこだって、盗人のいる場所よりマシだ！」

青葉がいうと、巴陵がついと右眉をあげた。

冷えた怒りが巴陵から放たれ、青葉が身を固くした。

……怖い。

恐怖の原因は、圧倒的な通力の差だ。巴陵が一山を宰領する大天狗ということを、青葉は、今更ながらに思い出した。

右羽根が無事で、青葉が万全の状態であったとしても、巴陵には敵《かな》わない。

そう、本能が囁《ささや》いた。

「おまえは命の恩人だから、意志を尊重したいと思っていたが、大無間山をそこまで虚仮《こけ》にされちゃあなぁ。……いい加減、認めろよ。おまえは、高室に捨てられたんだ。もうあそこにおまえの居場所はない。その羽根じゃ、満足に飛べもしないから、他山に山移りもできない。おまえはここで、俺たちといるしかないいんだよ」

「……っ！」

認めたくない現実を突きつけられて、青葉が言葉を失う。

あぁ、そうだ、俺は、高室様に捨てられたんだ。

わずか、日本酒一樽と引き換えに、山を追い出されたんだ。

俺はまだ、高室様が大好きなのに、高室様はもう、俺なんかいらないから。

そう心の中でつぶやいた瞬間、青葉の胸が切り裂かれたように痛む。

「――っ。うっ、うう……」

みるみるうちに、青葉の目に涙が浮かび、唇から嗚咽《おえつ》がもれる。

巴陵は、一瞬だけしまったという顔をしたが、すぐに余裕たっぷりの表情に戻った。

「おとなしくする気になったみてぇだな」

巴陵が青葉の着物の襟に手を入れた。

「俺は、おまえを気に入っている。助けてもらった恩もある。だから、悪いようにはしない。……まずは、一緒に楽しもうじゃないか」

襟元から忍び込んだ巴陵の指が、青葉の胸の突起を捕えた。

まだ、悲しみに襲われている青葉は、自分が巴陵に何をされているのか、巴陵が何をしようとしているのか、思いも及ばない。

巴陵の大きな手が、繊細な手つきで白衣を脱がしてゆく。

気がつけば、青葉はほとんど全裸になっていた。

「何を、する……気だ……」

真っ赤な目を手の甲で拭《ぬぐ》いながら、青葉が掠《かす》れた声で尋ねる。

「おまえも天狗なら、わかるだろう？」

巴陵が金色の目を細めながら、舌で唇を舐《な》める。

「あぁ……うまそうな匂いだ。桃のように甘い……食わずにはいられない匂いだ」

巴陵が口を開け、青葉の唇に嚙みついた。

「……！」

これ……なんだっけ……。そうだ、口吸いというものだ。

巴陵がやわやわと青葉の下唇を嚙んでいる。そうして、白桃のように瑞々しい肌を撫ではじめる。

巴陵の手は熱く、そして優しかった。

なぜか青葉は、こどもの頃、高室の膝に座り、頭を撫でられたことを思い出した。

目を閉じた青葉のまなじりから、ひと筋の涙が溢れ、頰を伝う。

熱い舌が口に忍び込むのを、青葉は黙って受け入れていた。

父とも慕う高室に捨てられたばかりの青葉にとって、巴陵の愛撫《あいぶ》は蜜《みつ》のように甘く、心地よすぎた。

体の重みや、肌の温《ぬく》もり。優しく髪を撫でられることや、他愛のない会話。

どれも、御座山の天狗たちから、久しく与えられなかったものだ。

それだけではない。憎い相手であるとはいえ、巴陵は、青葉の新たな主なのだ。

主に逆らうことは許されない。青葉は、そう高室に躾《しつ》けられていた。

そして、わずかに、それ以外の何かもあったが、青葉にはそれがわからない。

人形のようにおとなしく、愛撫される青葉に、巴陵がいぶかしげに声をかけた。

「……あんまりのってこないなぁ。おまえ、もしかして好きな天狗がいて、そいつに義理立てしてるのか？」

「そんな天狗、いない」

それどころか、性交も、口吸いさえもしたことはない。

巴陵は青葉の答えに、納得できないという表情をする。

「だったら……。…………まあ、いいか。やってるうちに、興ものるだろう」

ひとりごとのような声を聴きながら、青葉は巴陵から顔を背け、まぶたを閉じた。


巴陵は、青葉の肢体を前にして、強い欲望とわずかばかりのとまどいを覚えていた。

性交する時は、お互いに楽しむのが俺の流儀だが……。なんだか、こいつは様子がおかしいな。

愛撫を拒まない。口吸いにも、手指による愛撫にも、ちゃんと感じているようだ。なのに、反応が鈍い。

巴陵の知る性行為は、明るく奔放で、欲望に忠実。開放的なものだった。感じれば声をあげ、そこがいいと口に出し、自分の欲望を貪《むさぼ》りつつも、相手へも快楽を与えることを忘れない。

しかし青葉は快感に小さく声をあげ、肌を薄紅に染めはするが、巴陵の肌を触ることも、まなざしで誘うことも、言葉で煽《あお》ることもない。

おかしいなぁ……。これだけの容姿で、体で、これまでお手つきなしってことはありえねぇんだけど……。

青葉は天狗なのだ。人の世界の法律やルールなど関係ない世界に生きている。

欲望には、良くいえば純粋で、悪くいえば節操がない。

こんな上玉が目の前にいて、手を出さない方がありえないのだ。

いぶかしみつつも、巴陵は青葉の肌を舐め続けた。

後ろから抱きながら、右羽根の根元に執拗《しつよう》に舌を這《は》わせる。

鶴のように白く長い青葉の首筋には、すでにあまたの鬱血《うっけつ》の痕《あと》が散っていた。

その様が、なんともいえず色っぽく、巴陵の欲情を煽る。

いいねぇ。早くこいつに挿《い》れて気持ちよくなりたいもんだ。

右手で青葉の胸元を撫でながら、巴陵が熱い息を背中に吹きかける。

青葉の胸の小さな突起は、度重なる愛撫にすっかり固く尖《とが》っていた。巴陵がたわむれにそこを撫でると、青葉が小さく声をもらす。

そんな小さな声じゃなくて、もっと派手に声をあげりゃあいいのに。

御座山の奴らはむっつりっぽいし、こういう奥ゆかしい反応の方が受けたんだろうか？

真実とはまるで違う感想を抱きながら、巴陵が青葉の中心に手をやった。

白い肌に覆われた茎は、すでに、すっかり勃《た》ちあがっていた。

竿《さお》の根元を指で辿《たど》り、そして裏筋に沿って撫であげる。

「ん……っ、あ……」

堪《たま》らない、という声を青葉があげる。

そそり立った肉棒を握ると、青葉が体を震わせた。

手で筒を作り、上下に手を動かすと、青葉の全身が柔らかく蕩《とろ》けてゆく。

そろそろ頃合い、か……。

「よっと」

かけ声をあげて巴陵が青葉の体をうつぶせにして、膝を立て腰を高くあげる姿勢をとらせる。

巴陵の目の前に、まろやかな弧を描く、白桃のような尻《しり》があった。

ほどよく引き締まった尻肉は、誘うように震えている。その奥のすぼまりは、淡い桃色できゅっと受口を閉ざしていた。

「まずは、味見だな」

そうひとりごちると、巴陵は秘部に顔を寄せた。唾液《だえき》で濡れた舌をそこに押しつけ、ひと舐めする。

「……っ」

青葉が逃げるように腰を引く。

逃げれば追いたくなるのが、雄の習性だ。そして巴陵は、きわめて強い雄だった。

再び青葉の性器に手を添えて、昂《たかぶ》った茎をしごく。

巴陵の手から与えられる快感に青葉は逆らえないのか、顔を畳に預けて甘やかに息を吐いた。その隙に、巴陵が肉の襞《ひだ》に舌を這わせる。

快感を餌《えさ》に青葉を逃さない。

十分にそこが濡れたと判断し、今度は、舌を尖らせ、舌先をねじ込んだ。

「な、何するんだ!!」

これまで黙っていた青葉が、泣きそうな声で尋ねる。

「馴《な》らしてるんだよ。御座山では、こういうやり方はしないのか?」

巴陵の答えに、青葉は困惑したように顔を伏せた。

……この反応ってことは、菊座を舐めるようなことはしないってことか。さすが、お上品なことで。

冷ややかに思いつつ、巴陵は青葉の〝初めて〟を、自分がしたことに満足していた。

巴陵が寝間の抽斗《ひきだし》から潤滑油の入った貝殻を通力で引き寄せる。

通力で貝の蓋《ふた》を開け、紫色の軟膏をたっぷりと指にすくった。

軟膏を塗ると、いっそう菊門が柔らかくなる。蜜蠟《みつろう》と胡麻油《ごまあぶら》の力を借りて、するりと人さし指が中に入った。

とはいえ、結構キツイな。……半年も使ってなきゃ、そういうもんか。

巴陵の長い指は、すぐに青葉の性感帯を見つけだした。肉に埋もれた宝物を指先で押すと、青葉がのけぞった。

「あ、な、何……っ」

「馴らしついでに気持ちよくしてやってんだ。まさか、これも初めてなのか？」

いいながら巴陵が快楽の種子を撫でると、青葉の羽根が震えはじめた。

初めて……みたいだな。

だとしたら、御座山のまぐわいってのは、いったい、どうなってんだ？　挿れられる方だって、これくらいのご褒美がないとつまらんだろうに。

「酷い奴らだな……」

憤然としつつも、巴陵は高揚感を覚えていた。

これもまた、俺が初めて……なんだ。

「かわいそうになぁ。俺が、たっぷりかわいがってやる。おまえに、天狗同士の快感を、教えてやるよ」

青葉の背に覆い被さり、耳元で熱い息を吹きかけながら囁く。

そうして、背中の筋に沿って口づけ、最後に尻上の小さな窪《くぼ》みに舌を這わせた。

ここは、快楽の中枢。快感の気が、集まる場所だ。

巴陵が強く吸いあげると、青葉の肉筒が熱を増す。

指を二本に増やしてみると、たやすく巴陵を受け入れる。

今度は快楽の種子を中指と人さし指で挟んでしごくと、青葉が大きな声をあげた。

「そこ……、いい。なんで……っ」

いいながら、青葉が尻を巴陵の手に向かって押しつけていた。

もっと気持ちよくなりたいという、無言の訴えだ。

指より太く、熱く、硬い楔《くさび》を求めている。

「いいねぇ。……そうこなくっちゃ」

巴陵がニヤリと笑うと、筒を広げるように指を動かした。

「あぁ、あ、あ、あぁ……」

「辛抱堪らんか？　そうか、そうだよなぁ。半年ぶりのご馳走《ちそう》だ。焦《じ》らすのも悪くはないが、今日はおまえとの初めてだ。すぐに、気持ちよくしてやるよ」

いや、違う。

巴陵は、青葉の声に、肉筒の熱さに、我慢ができなくなっていたのだ。

今すぐ早く貫いて、柔肉の感触を、そこから得られる快感を貪りたくてしょうがない。

青葉に挿れる準備は整った。そう思うだけで、巴陵の股間《こかん》が熱くなる。

着物を持ちあげるほどに、そこは高ぶり、猛《たけ》り、怒張していた。

青葉の尻から指を抜くと、巴陵は軟膏をすくい取り、着物の前を割って陰茎を取り出した。

天を衝《つ》くようにそそり立つそれへ、巴陵が軟膏を塗り込める。

「準備は終了。さあ、お待ちかねの時間だ。おまえは、コレが欲しいんだろう？」

巴陵の声に、青葉がふり返った。

快楽に濡れた瞳が、大きく見開かれる。

「でか……っ」

「嬉しいことをいってくれるな。俺を悦《よろこ》ばせる術を、わかってるじゃないか」

これみよがしに男根を見せつけながら、巴陵が青葉の腰に手をやった。

「力、入れんなよ。……とはいっても、久しぶりじゃあなぁ」

巴陵が青葉に触れた場所から気を送った。

下半身を脱力させて、菊座を緩ませる。そういう、気だ。

ぽっかりと開いたそこは、軟膏の油で淫《みだ》らに濡れて、物欲しげに巴陵を誘う。

亀頭をそこに当てると、青葉が腰を引いて逃げようとする。

「なんだよ、逃げるなよ。俺くらいの摩羅の奴なら、御座山にもいただろう？」

「いた……かもしれない。けど……」

答える声が半泣きだった。

久しぶりにでかいのを咥《くわ》えるから、痛いんじゃないかって怯えてるのか？

「痛くなんてしねぇよ。俺は、御座山の奴らとは違うから」

そういいながら、巴陵が腰を前に押し出した。すぼまりが緩やかに広がり、切っ先を呑《の》み込んでゆく。

……キツイな。こりゃ、慎重にやらないと。

丁寧に、巴陵が先端を青葉の中に挿れてゆく。

「あ、あっ。痛い……やだ、なんだよ、これ」

「痛いって……こんだけ優しくしてやってて、何が不満なんだよ」

まあ、先っぽが入っちまえば、こいつだっておとなしくなるだろうさ。

ぐいと強く腰を遣い、亀頭を強引に中に入れた。すぐに粘膜に包まれて、巴陵はその感触に息を吐く。

「俺……俺、初めてなんだよ。誰かと、するの。性交って、こんなに痛いなんて、思わなかった！」

「……え？」

ちょっと待て。今、こいつは、なんていった？

誰かとするのは、初めて……って……。まさか、そんなはずはない。

「冗談、だよな？」

「誰がこんな時に冗談なんていうか！　俺は清童だ‼」

清童とは、つまり童貞……。いや、そうじゃなくて、ここに誰の摩羅も挿れたことがないってことで……。

巴陵の脳が、ゆっくりと事実を確認しはじめる。

「おまえみたいな上玉を、味見もせずに放っておいたってのか！　普通だったら、小天狗でも三十年もしたら、やりまくりだぞ!!」

「御座山をおまえらと一緒にするな!!」

答えながらも、青葉のそこは巴陵をぎゅうぎゅうと締めあげていた。

この締めつけが、清童の締めつけ……なのか。

実のところ、巴陵は清童と性交するのは、初めてだった。

突然のふってわいた僥倖《ぎょうこう》に、巴陵の男根が反応した。

「な、なんで、でかくすんだよ。……もうヤダ。俺は、ここにくるまで、口吸いだってしたことなかったのに……大無間山にきた途端、こんなことされるなんて……」

青葉の言葉が、火に油を注いだ。

つまり、こいつは……正真正銘のまっさらな清童で……俺が、何もかも、初めての相手ってことか!?

そう認識した瞬間、巴陵の体内を膨大な気が駆け巡っていた。

泣きたいような、嬉しいような。胸が震えて、股間が熱くなる。

気がつけば、巴陵は両の羽根を大きく広げ、青葉の体を包み込んでいた。

こんな感情、俺は、知らない。

なんだ、なんなんだ。これは。

無性にこいつを、やりたくて堪らなくなってる。

そして、欲望の命ずるままに、巴陵は腰を進めていた。

「あ、や、やだ、中に……中に入ってくる……！」

口ではイヤだといいつつも、青葉も天狗だ。肉欲には正直で、肉筒が従順に男根を受け入れる。

熱く蕩けた肉壁が、巴陵にはとてつもなく甘美であった。

青葉のすべてが、巴陵を煽る性欲の源となっていた。

こんなにいいのは……クソ、俺だって、初めてだ。

狭い肉を割り、犯すだけで、巴陵の血が荒ぶった。

早く奥まで入りたい。青葉に包まれ陰茎で得る快感は、とてつもないに違いない。

「もうやだ、抜いて。抜いてってば！」

「嫌だったら、どうして、おまえはそんなに摩羅を膨らませてるんだよ」

そうなのだ。青葉の茎は、先端をしとどに濡らしながら、腹にぶつかるほどにそり返っているのだ。

「それ、は……っ」

昂る自分に困惑したのか、青葉の気勢が弱まった。

「摩羅を突っ込まれて気持ちいいのは、当たり前だ。俺たちは、天狗なんだから」

「当たり前……」

「素直に認めろよ。俺にぶち込まれて、堪らなく気持ちいいんだって、な」

いいながら巴陵が最奥まで貫いた。

あぁ、やっぱりいい。

こいつの中は、なんて、気持ちいいんだ。

熱も感触も、締めつけ具合も、何もかもが最高だ。

深く息を吐くと、巴陵は両腕で青葉の腰をつかみ、抜き差しをはじめた。

引いて、押して。密着した粘膜と粘膜が擦《こす》れて、熱を生む。

「いい。すごくいい。おまえ、とんでもない名器だぞ」

「そんな誉《ほ》め言葉、嬉しくな……っ、あぁっ」

抜き差しの弾みで切っ先が性感帯を擦ると、青葉が濡れた声をあげた。

初めてでも、青葉は十分に感じている。

元々強い通力を持つだけに、青葉は天狗の本能も強く、快楽に貪欲《どんよく》な体をしている。

「ここがいいのか。ほら、これでどうだ？」

「あ、や。やぁ……っ」

奥を責められ、蕩けた肉が、やわやわと巴陵を締めつける。

「もっとほしいか。初めてでも、十分楽しんでるじゃないか」

「そんなこと、ない……っ。あん……っ」

肉のしこりを先端で押すと、青葉が甘い声を出した。

青葉の下肢からは完全に力が抜けて、口ではどういおうとも、体の方は、この快感を手放す気はないようだった。

たわむれに巴陵が右手を腰から離して青葉の股間にやった。

張りつめてぎちぎちに硬くなった竿を右手で包み、ゆっくりとしごきはじめる。

「あ、あぁ……。あ、いっ、いい……っ」

口吸いもまだなら、ほかの天狗に陰茎を握られることも初めてだろうな。

きっと、ものすごく気持ちいいんだろうなぁ……。俺も、最初の頃は、握られてしごかれるだけで、堪らなくなったもんだ。

初々しくて、かわいいもんだ。それにこう……。

あぁ、そうだ。愛おしい。そうだ、俺は青葉が愛しいんだ。

巴陵はようやく、さきほどの感覚を理解した。

これが、愛しいってことか。

好きで、大事で。それらを含んで、もっと大きい感情だ。愛するというのは、こんなにも心地よく、素晴らしいことだったとは。

感慨に浸りながら、巴陵が青葉の先端と茎の継ぎ目をしごく。

ここの筋のとこを擦られると、堪らないだろう?

いずれ青葉にされたいことを、巴陵は青葉に体で教える。

いつか、ふたりで楽しむ日がくることを確信して。

青葉は荒い呼吸をくり返し、そして鋭く息を呑んだ。

「イく……。イっちゃう……っ」

泣き出しそうな声でいいながら、青葉が白濁を吐き出した。

欲望を吐き出すたびに、青葉が巴陵を締めつける。

まとわりつく肉襞に愛しさがこみあげ、巴陵をどうしようもなく興奮させる。

無茶苦茶に、抱いてやる。抱きつぶしてやる。

射精にくったりとした青葉をあおむけにして、畳に膝立ちした巴陵が細腰を両手でつかんだ。

もう、待てない。一瞬だって、待ちたくない。こいつの中でイく。

巴陵はそれだけを考えて、激しく腰を遣いはじめた。

「あっ、あ、あ、あぁ……」

立て続けに楔で穿《うが》たれ、青葉の口から声があがる。

「やっ、やだ……。やだ、もうやめて……」

「んなこといってるけど、勃ってるじゃないか。気持ちいいんだろ？　素直になれよ」

あおむけになった青葉のソレは、抜き差しによって、再び膨らみはじめている。

「こんなの、ただの、生理現象……」

「つまり、気持ちいいんだな」

気をよくして、巴陵が肉壁に隠れた種を、抉《えぐ》りながら奥まで貫く。

「あぁっ。……んん……っ」

こみあげる快感に、耐えきれないという顔で青葉が目を閉じた。

「だいたい、いくら清童っていっても、さっきまでおとなしく俺にされるがままだったじゃねぇか。本当は、シたかったんだろう？　興味があったんだろう、まぐわいに。誰かに、ここにぶち込んでほしかったんだろう？」

「それは……」

否定しない、か。こいつ、本当に馬鹿正直だな。

そういうところも、また、愛おしい。そう巴陵が悦に入る。

「興味はあったけど、でも、その相手はおまえじゃない！」

そういって、青葉が右肩を上にして身を捩《よじ》る。

言葉と仕草で、青葉は巴陵を拒絶する。巴陵の雄を咥えた肉筒は、こんなにも熱く蕩けて甘やかなのに。

全身で否定されて、巴陵の頭が熱くなる。

「高室にしてほしかったのか？」

「えっ。そんな、まさか」

「じゃあ……由迦か？」

通力と容姿で、御座山の天狗で巴陵に匹敵する存在は、このふたりくらいなものだ。そう思っての巴陵の問いだった。

怒りが巴陵の血をたぎらせ、抽挿を激しくする。

小刻みに青葉の前立腺《ぜんりつせん》を苛《さいな》むと、今度は深く抉り、中をかき回す。

「違っ！　そもそも、ん……っ。あのふたりは、んっ、念者同士じゃないか。間に割って入るつもりなんて、…………な、あ、あぁああ……」

悲鳴のような喜びの声をあげて、青葉が腰をくねらす。

ひくつく内壁が、灼熱《しゃくねつ》の棒を咥えて離さない。うねりながらまとわりついている。

「それ以外なら、誰でもよかったのか？」

「おまえっ……以外、な、ら……誰だって、あっ、いい……っ」

陰茎をそそり立たせながら、青葉がのけぞった。

白い肌を桃色に染め、快楽に身を捩る青葉の姿は、どんな春画よりも艶っぽく、巴陵を昂らせる。

「残念だったな。俺が初めての相手で。だが、おまえを抱いてるのは、俺だ」

そろそろ、巴陵も限界を迎えようとしていた。

半ばまで竿を引き、二度三度と軽く突いてから、抉るように深く青葉を貫く。

「……っ。んっ。……っ」

肉棒が脈打ちながら、精液を吐き出す。

いつもの快感。そのはずだったが、精液とともに、大量の気が、白濁とともに青葉に注がれる。

……なんだ？

そんなことを、巴陵はするつもりはなかった。

なのに、体が勝手にそうしてしまった。

「あっ。あぁ――っ！」

灼熱の飛沫《ひまつ》を浴びて、叫ぶ青葉の下腹が波打つ。

「あ、あ、あ……。み、右手……っ。熱い。やだ、なに……？」

青葉が半泣きの声をあげながら、右手の甲を左手で覆う。

「右手……って、まさか？」

性交の直後に、受け手の右手が痛むという事象に、巴陵は心当たりがあった。

念紋だ。

念弟の手の甲に、念紋が刻まれる時の特徴であった。

つながったまま巴陵が青葉の右手首をつかんだ。手首をねじって手の甲を見る。

白い肌に、赤く痣《あざ》が浮かんでいた。炎をまとい羽ばたく鳥の紋章は、鳳扇の遣い手たる巴陵にふさわしい念紋であった。

「念紋……。この俺に、とうとう、念者ができたのか！」

腹の底から歓喜が湧《わ》きあがる。

この愛しさ、この欲情。折れた右羽根すら美しいと思う、この熱情。

そうだ。青葉こそが、俺の念者だ。俺が愛してやまない者だ。

しかし、青葉はといえば、〝念紋〟という言葉に「ひっ！」と声をあげ息を呑む。

「ヤダヤダ。早く、早く消せよ！　こんなの要《い》らないんだからぁ」

快楽にぐずぐずになった体で、なおも青葉は否定する。

その様子に、興奮に浮かれた巴陵の頭が冷えた。

念弟が右手なら、念兄は左手の甲に念紋が出るはず。俺の左手は……さっきから、まったく、異常がないんだが……。

青葉の右手首を握ったまま、巴陵が恐る恐る己の左手の甲を見る。

「ない！　俺には念紋がない！　なんでだよっ!!」

「当たり前だろ。俺は、あんたが大嫌いなんだから!!」

即座に青葉が言い返すが、巴陵の耳には届いていなかった。

俺は……こんなに……こんなに、青葉が愛おしいのに。

青葉はそうじゃないなんて。俺のひとり相撲だなんて。

大無間山の大天狗、火力に関しては並び立つ者なしといわれた巴陵ともあろう者に、そんなことが起こっていいわけがない。

けれども、巴陵が何度見ても、左手の甲にはシミひとつ浮かんでいないのだ。

「なんでだよ、青葉。俺のこと、嫌いなのか⁉」

「最初っから、そういってるじゃないか。あんた、人の話を聞いてないのか！」

つながったまま、ふたりの天狗が半泣きで言い合う。

「酷い。酷すぎる。こんなこと、あっていいわけがねぇ！」

巴陵が絶叫し、その声に呼応して大無間山に強風が吹いた。季節外れの台風か、はたまた春の嵐《あらし》かといわんばかりに。


青葉が大無間山で迎える初めての朝がきた。

昨晩は、「そんなはずはない」と、うわ言のようにくり返す巴陵に、幾度となく犯され、最奥に精を注ぎ込まれた。

つまり、それに見合った快感が青葉にも与えられ、青葉は同じくらい――いや、それ以上に――射精をし、よがり泣いて、目も充血して喉も痛くなっている。

「最低だ。初めてのまぐわいは……こう、もっと、しっとりした雰囲気で、なんかいい感じのはずだったのに……」

布団の中で青葉がつぶやく。

「よりにもよって、相手が、あの巴陵！　おまけに巴陵の奴、俺の右手にこんなもんまでつけてよこしやがって……」

右手の甲に目をやれば、白い肌にくっきりと鳳《おおとり》の念紋が浮かんでいる。

そっと左手で念紋に触れると、指先から温かな巴陵の気が伝わってくる。それがどうにも厭《いと》わしく、そして、……ほんの少しだけ落ち着いた。

この感覚は、昨晩、巴陵の羽根に包まれた時に感じた感覚と同じだった。

でかいイチモツを突っ込まれて……痛いし裂けそうだし、本当、嫌だった。だけど、あいつの羽根に体を包まれた瞬間、ちょっとだけ……泣きそうになった。

巴陵の温もりが、あまりにも優しくて。

もう少しだけ、このままでいたいなんて、思ってしまった……。

青葉は目を閉じて、温もりを思い出す。

あの後から、巴陵の摩羅も気にならなくなった。それに……まぐわいは、よだれが出るほど、気持ちよかったし……。

いやいや、だからといって、またしたいなんて思わないけど！　思っちゃいけないんだ。あいつが水珠を高室様に返すまでは、許してやらないんだから。

そんなことを考えていると、襖の開く気配がした。

……そういえば、ここ、どこだろう？　確か、昨晩は畳の上でさんざん犯されて、俺はそのまま寝ちゃったんだけど。

青葉が寝ているのは、敷布団の上だ。しかも、ちゃんと掛布団も被っている。その掛布団たるや、ふんわり軽く、いつもの重たい綿の詰まった布団とは、雲泥の差だった。

「えっと……」

恐る恐る、青葉が身を起こすと、すぐに「おはよう！」と明るく声をかけられた。

「おはよう……ございます」

答えた青葉の目の前に、青葉の半分ほどの年齢と思しきこどもの天狗と、大柄のいかつい顔をした壮年の天狗のふたり組がやってきた。

「青葉、起きましたか！」

「青葉殿、お初にお目にかかる。私は磐船《いわふね》という。こっちの小さいのは月波《げつは》だ。どちらも、大無間山で生まれた天狗。今後はよろしく頼む」

屈託ない笑顔を浮かべる月波と礼儀正しい言葉づかいの磐船に、青葉は頭をさげた。

ふたりとも、揃いの作務衣を着ていて、仲がよいことを思わせる。月波は天狗にしては髪が短く、肩に届くか届かないかくらいのおかっぱだ。髪色は茶色でくりくりとしたよく動く大きな金色の目をしている。

磐船は背を覆う蓬髪《ほうはつ》で、髪色は光沢のある鋼色、瞳は黒だ。

「私どもは、青葉殿が来るのを楽しみにしていたのだ。巴陵を助けてくれたこと、心より感謝いたす」

磐船と月波が青葉の枕元に座り、深々と頭をさげる。顔をあげた月波がにっこりと青葉に笑いかけた。

「青葉は、巴陵がいっていた通りの小天狗ですね。とてもかわいらしい」

「性格は大変に男前だと、巴陵から聞いております」

ふたりの天狗から、手放しの厚意を向けられて、青葉が面食らう。

御座山にいた時は、「大無間山の奴らは最低だ！」って思ってたけど、磐船さんも月波さんも、性格がよさそうだ。どうしよう。俺……どんな顔をしたらいいんだ？

青葉がとまどううちに、月波が小首を傾げ、くんくんと匂いを嗅ぎはじめた。

「……青葉、巴陵臭いですね。ちょうどいい、一緒に風呂《ふろ》に入りましょう」

そういうと、月波は返事も聞かずに青葉の手を引っ張った。

「……あっ」

体――下半身――が動くと、股間をぬるりとしたものが伝った。

巴陵の精液が菊門から流れ落ちたのだ。

昨晩のことを思い出し、そして、今自分が全裸でなおかつ肌には無数の情交の痕が残っていることに、青葉はようやく思い至った。

「――っ！」

みるみるうちに顔を真っ赤に染め、青葉が布団に突っ伏すと、月波が「あらら」とほがらかな声でいった。

「……歩けませんか？　だったら、ボクが運びましょう」

そういうやいなや、月波が布団ごと青葉の体を抱えあげる。

「あ、ありがとう……」

「困った時は、お互い様ですよ」

十にも満たないこどもの姿をしていても、月波は天狗だ。軽々と青葉と布団を肩にしょうと、すたすた歩き出していた。

そうか……。大無間山には、こんな幼い小天狗もいたんだ。

自分より年下の小天狗に会うのは初めてで、青葉はわずかに緊張した。

青葉が寝ていたのは、昨日、巴陵に犯された部屋とは別の、もう一回り小さな和室であった。その和室を出ると板の間があり、台所につながっている。

板の間の台所と反対側に小さな扉があり、その奥が脱衣所であった。

「さあ着きましたよ。来た早々、巴陵にしつこくされて、大変でしたね」

月波が、青葉を布団ごと床におろした。

「もしかして、俺と巴陵が何をしたか、わかってる？」

「まぐわったんでしょう？　……どうしましたか、青葉。怖い顔をして」

「まさか、月波は……そんなに小さいのに、巴陵の相手をさせられてるの？」

青葉の中で巴陵は、色欲魔神になっている。

あいつは、俺がとっくの昔に清童じゃなくなってたって思いこんでたみたいだし……、巴陵がこんな小さい子に手を出していても、おかしくない。

そんなことは許されない、という顔をする青葉の前で、月波が爆笑した。

「さすがにボクには手を出しませんよ！　それにね、青葉。ボクは、見た目はこんなですが、生まれてから千年は過ぎています。巴陵より長生きしてるし、ちゃんと羽団扇だって持っているんですよ」

月波が後ろを向くと、作務衣のズボンに持ち手を突っ込んだ羽団扇があった。

「千年って……。もしかして、高室様より、ずっと長生きしてるの？」

青葉が目を丸くすると、月波が悪戯《いたずら》っこそのままの笑顔を浮かべた。

「高室も巴陵も、ボクの半分くらいの齢《よわい》のヒヨッコですよ。この辺の霊山でボクより長生きしてるのは、うちの翔伯《しょうはく》っていう天狗だけです」

笑いながら月波が青葉の手を取って、浴室に誘う。

大無間山の浴室は、壁も床も天井も浴槽も総ヒノキの、木の香の漂う、ゆったりした空間であった。湯は天然温泉で、贅沢《ぜいたく》にも、ざぶざぶと浴槽から湯が溢れている。

「……豪勢だなぁ」

「御座山に温泉はないんですか？　この辺なら、掘れば温泉が湧くでしょうに」

ヒノキの湯桶《ゆおけ》を手に取ると、月波が勢いよく頭からお湯を被る。ざっと体を流すと、月波はさっさと湯船に入ってしまった。

「湧き水を貯めて水浴してる。これも修行だからって、高室様が……」

「ふうん。温泉は気持ちいいのに……。もったいないですね」

御座山の事情にはさして興味がないのか、月波が鼻歌を歌い出した。

青葉は初めての温泉に、恐る恐る湯を体にかけた。

温かい。それに、気持ちいい。

ほう、と息を吐くと、壁際に見慣れないものを見つけた。

「月波、この白いのと変な形の器は、何？」

「白いのは石鹸《せっけん》といって、体の汚れを落とすもの。器はシャンプーとリンスといい、髪を洗うためのもの。どちらも人の子が作ったもので、使うとさっぱりします」

そういうと、月波は浴槽を出て、青葉に石鹸とボディタオルの使い方を教えた。

「この、ボディタオルっていうので体を擦ると、気持ちいい」

「でしょう？　うちの山は、人間のものも積極的に使うようにしています。人の子が作った酒は飲むのに、ほかのものは使わないなんて、もったいないですから」

月波は世話焼きなのか、青葉の背中を擦りながら、いろいろなことを教えてくれた。

今、青葉がいるのは巴陵坊の中の、巴陵だけが住む家――巴陵坊――だ。

天狗の世界では、一族を大天狗の名に坊をつけて呼ぶ。大無間山なら巴陵坊だ。そして、巴陵坊の天狗たちが住む区域も巴陵坊と呼ぶ。坊というのは、住居を指す言葉でもあるので、巴陵の住居も巴陵坊と呼ばれる。

その上、天狗は正式の場では名前に坊をつけて名乗る。巴陵ならば巴陵坊だ。

ややこしいことこの上ないが、そういうことに、なっている。

その巴陵の住む巴陵坊の、玄関を挟んで左手が青葉が巴陵と出会った中の間。その奥に奥の間、すなわち巴陵の寝室がある。

右手には、青葉が寝ていた部屋と台所と風呂場、そして板の間があった。

「ほかに、物置や納戸があります。青葉は、さっき起きた部屋で暮らすんですよ。ボクたちの坊もあるけど、汚くって、とても青葉が寝られるような場所はありません」

とんでもないことをいいながら、月波がシャンプーで洗った青葉の髪を流した。

「青葉の部屋も、昨日、必死になってボクたち全員で掃除したんですよ！　巴陵があの部屋にガラクタをため込んでたから、運び出すだけで一苦労でした」

「わざわざ、俺のために？」

「だって、青葉は巴陵の命の恩人ですから！　ボクたちみんな、青葉に会うのを楽しみにしていたんです」

屈託ない声でいわれて、青葉の胸が小さく痛んだ。

俺が御座山にいた時、この天狗たちのことを何も知らずに一方的に嫌ってたのに……。

こんなふうに歓迎されると、どうしていいのかわからなくなる。

もしかして、巴陵は……本当に水珠を盗んでないのだろうか？　少なくとも、大無間山の天狗たちは、巴陵がそんなことしてないって信じていると思う。

青葉の心に迷いが生じた。

あとで、巴陵とちゃんと話をなくちゃ。……ふたりきりになるのは、怖いけど。

青葉がそっと、右手の甲を見た。

赤い炎の鳥の念紋が、そこにはくっきりと浮かびあがっている。

手で触れると、そこから何かが伝わってくる。

月波が器用に青葉の髪にリンスをもみこみ、タオルで髪を包んだ。

「こうやって、しばらくおいてからすすぐと、髪の毛が艶々になるんですよ！　その間に、湯船にゆっくり浸《つ》かりましょう」

月波がぶるりと体を震わせ、羽根をしまった。

羽根が傷ついてさえいなければ、羽根をしまうこともできるのだ。

青葉も左羽根はしまえるが、右羽根はしまえない。

浴槽は大きく、青葉と月波が並んで入っても十分すぎるほどの広さがあった。

「……青葉の羽根の、羽繕いもしないといけませんねぇ」

青葉の羽根を見て、月波がいった。

羽繕いというのは、天狗の羽根を整える行為のことだ。

なにせ、羽根は背中についているし、ひとりでは綺麗に整えることができない。

当然、誰かに頼むことになる。

念者がいる天狗は念者と行う。ほかの天狗には、まず頼まない。疑似性愛行為のような、親密な関係をより深めるための手段のひとつなのだ。

そのため、好意を持った天狗に羽繕いを申し出るということは、自分の想いを伝えることになる。一種の、告白だ。

念者や想う天狗がいない天狗は烏天狗に頼む。気の置けない仲の天狗同士で行うこともある。そういう行為であった。

そして、御座山で孤立していた青葉の羽根は半年以上、手入れをされていない。

「巴陵の羽繕いの腕はなかなかのものですよ。ボクもたまにやってもらうんです。とても気持ちいいですから、巴陵に綺麗にしてもらうのはどうでしょうか？」

「巴陵に？　でも、俺……巴陵が苦手で……」

嫌い、とは、月波の前ではいいづらかった。言葉を濁す青葉に、月波が寄りかかる。

「それならそれでいいんですよ。でも、ボクとはなかよくしましょうね。巴陵が無茶したら、ボクにいってください。巴陵のことを、とっちめてやります」

なんとも心強い月波の言葉に、青葉は苦笑する。

少なくとも、月波は……もしかしたら、ほかの天狗もだけど……俺の羽根のことを馬鹿にしないで、俺をちゃんとした天狗として扱ってくれるんだ。

それだけのことが、泣きたいくらいに青葉は嬉しかった。

「温泉って体が温まるんだね。俺、汗をかいてきちゃったよ」

そういって青葉が目元を擦る。

月波は、何もいわずに青葉の腕を撫でて、ふたりはしばらく無言で湯船に浸かったのだった。


青葉たちが浴室を出ると、脱衣所に烏天狗が着替えを持ってやってきた。

「巴陵様が、青葉様のためにとご用意していたものです」

烏天狗は青葉の背中を拭《ふ》くと、白い襦袢《じゅばん》と浅葱色《あさぎいろ》の着物——ちゃんと背中に羽根を通せるように切り込みの入ったものだ——を着る手伝いをする。

物心ついて以来、白衣と白袴以外の服を着るのは初めてで、青葉はとまどいながら真新しい着物に袖を通す。

「浅葱色が似あいますね。巴陵ったら、一回しか会わなかったのに、青葉のこと、とてもよく覚えてたんですね。……もしかして、最初から青葉のことを念者にするつもりだったのでしょうか……」

月波が小首を傾げながらつぶやいた。

「まさか。あの状況で、そんなこと考える暇なんてなかったと思う。けど……」

「けど？」

「もし、そうだとしたら、あいつは、とんでもないどスケベ野郎だ、と思って」

青葉の言葉に、月波が声をあげて笑った。

そうして、着替えを終えると、月波が青葉の手を取って、中の間に向かった。

中の間では、すでに磐船と、なぜか褌《ふんどし》だけの姿の白髪の老天狗——翔伯——が、ふたりを待っていた。

翔伯はやたら元気のよさそうな老天狗で、青葉を見るなり、こういった。

「おまえが青葉か。よくぞこの大無間山に来た。巴陵を助けてくれたこと、礼を申す。さあさあ、挨拶がわりに、相撲で一勝負しようではないか！」

開口一番の相撲の誘いに、さすがに青葉が面食らう。

「いや、でも……、これから宴会じゃないんですか？」

「宴会に相撲で華を添えようではないか。天狗ならば、天狗倒しに天狗囃子、そしてなにより天狗相撲！　さあ、見合って、見合って！」

細身ながらも鍛えた上半身を見せつけながら、翔伯がじりじりと青葉に迫る。

「あ、あの……ご厚意はありがたいんですけど、ちょっと……」

「翔伯、青葉は巴陵のせいで腰が痛くて、相撲なんてとれませんよ！　ちゃんと察してあげないと！」

元気よく月波がいうと、翔伯ががっくりと肩を落とした。

「そうだったのか……。それは残念」

「ごめんなさい。天狗相撲は無理でも、天狗囃子ならおつきあいしますよ」

「残念だが、儂は、天狗囃子は聞く専門じゃ！　なにせ、拍子もまともに取れんのだ。囃子など、とてもとても」

翔伯が豪快に笑った。

「そういえば、巴陵がいませんね。巴陵はどうしたんですか？」

きょろきょろと中の間を見回して、月波がいった。磐船が苦笑いして奥の間――巴陵の寝間だ――を指さす。

「まだ籠《こも》っている。そろそろ機嫌を直してほしいものだが」

「しょうがないですねぇ……。青葉、巴陵はね、自分の手に青葉の念紋が出ないって、ずっと拗ねてるんです。そんなの、青葉のせいじゃないのに。そうだ、青葉。一緒に巴陵を迎えに行きましょう。きっと、青葉の顔を見たら、巴陵も機嫌を直します！」

月波がハキハキというと、青葉の手を引いて中の間と奥の間を隔てる襖を開けた。

巴陵の寝間は、広さは八畳ほどだった。畳の上に黒と白の絨毯《じゅうたん》が敷かれ、座卓が置かれている。

床の上も床の間も大量の箱が雑然と積みあげられ、青葉には得体のしれない様々な物が乱雑に置かれ、ついでに上等な着物や長襦袢が畳みもせずに部屋中に散乱している。

「……汚い」

巴陵の寝間の第一印象が、それだった。

昨日、犯《や》られたのが中の間でよかった。

高室の薫陶の下、御座山はいつも清潔で、きちんと整頓《せいとん》されている。その環境で育った青葉にとって、巴陵の部屋は不潔を絵に描いた魔窟《まくつ》であった。

「こら、巴陵、起きなさい！」

月波が、座卓の横にある濃紺の布の塊——さっき見たふわふわの掛布団と同じものだ——に向かって声をかけた。

「青葉の念紋が出るまで、ここから出ない……」

「何を馬鹿なことをいってるんですか。青葉が困ってるでしょう」

「青葉？」

そう声がしたかと思うと、布団の山がもぞもぞ動いた。少しだけ掛布団が持ちあがって、金色に光る瞳が見える。

「青葉を見てみなさい。巴陵が用意した浅葱色の着物を着ていますよ」

そういいながらも月波は、青葉の前に立ち、巴陵の目から青葉を隠している。

青葉を餌に自分を布団から引っ張り出そうという月波の魂胆がわかるのか、巴陵は掛布団をおろし、また引きこもってしまった。

「しょうがないですねぇ……。青葉……」

月波が青葉に耳打ちする。

「本当に、そんなことといわなきゃいけないんですか！」

「青葉にしかできないことです。よろしく頼みましたよ」

やんわりとごり押しされて、渋々と青葉が布団の山に向き合った。

「巴陵……一緒にお酒を呑もう。みんな待ってるし」

「行かない。宴会なら、おまえらだけでやれ。俺は、そんな気分じゃない」

すげない答えに、月波が青葉を肘《ひじ》でつつく。

「俺が、酌をしますから」

巴陵に酌をするなんて嫌だけど……。ほかの天狗たちが宴会を楽しみにしてるし。俺のせいで巴陵が拗ねたままなんて、気まずいし……。

青葉の言葉に、布団の山が動いた。

「……宴会の間、青葉は俺の隣にいるか？」

「いますよ」

そんな、といいかけた青葉を制して月波がうなずいた。

「膝に座るか？」

「もちろんです」

「ちょっと、月波！」

小声で青葉が抗議するが、月波は「そんなことより、さっきの続きを」とうながす。

……あれを、いうのか……。いわなきゃいけないんだろうか？

月波を見ると、ちゃんといいなさい、といわんばかりに見つめ返された。月波には、高室にも匹敵するような、どこか逆らえない威厳がある。

青葉が覚悟を決めて、口を開いた。

「宴会に出るなら、その後で、羽繕いをしてほしいんだけ……うわっ！」

青葉がすべてを言い終える前に、掛布団から寝間着姿の巴陵が飛び出してきた。

巴陵は一瞬で青葉の正面に移動して抱きしめる。

「なんだなんだ。おまえ、俺に羽繕いをしてほしかったのか。そうかそうか。この分だと、俺に念紋が出る日も近いな！」

青葉のたった一言で、巴陵は上機嫌になっていた。

あまりのチョロさに、青葉は愕然《がくぜん》とする。

こいつ……なんなんだよ！

それでも、すぐに機嫌を直す巴陵のことを、青葉はしょうがない奴と、どこか心地よく思っていた。

高室様なら、こんなことで絶対に機嫌を直したりはしない。意志が強いから。でも……そのせいで俺の羽根は治らなかった……。

きっと、巴陵だったらそんなことないんだろう。いい加減なんだけど……それに救われたり助けられたりすることも、きっとあるに違いない。

「さあ、宴会のはじまりですよ！　酒泉でねかせた日本酒がたっぷりありますからね」

笑顔の月波に背を押され、三人が中の間に戻る。

囲炉裏には火が入り、鉄鍋《てつなべ》に張られた湯の中にチロリが並び、鶏ほどの大きさの烏天狗が三羽、熱燗《あつかん》の用意をしたり、料理の大皿を運んでいた。

満面の笑顔で巴陵がふたつ並んだ座布団のひとつに座り、左隣に青葉を座らせる。

巴陵の右隣には月波、その右隣が翔伯の席だ。翔伯の隣は磐船で、その隣が青葉と、五人で円座になった。

全員の前に漆塗りの箱膳《はこぜん》が置かれ、小皿や酒杯が並んでいる。

席に着いた青葉の前に烏天狗がやってきて、チロリを掲げてみせる。

どうやら、さきほどのやりとりは、中の間に筒抜けだったようだ。

「さあ、青葉様。巴陵様にご一献！」

烏天狗の声にチロリを受け取ると、その場の全員が青葉に視線を向けた。

視線の圧力——天狗四人と烏天狗三羽なだけに、眼力が強い——を受けて、得意げな顔で酌を待つ巴陵の杯に青葉が酒を注《つ》いだ。

「磐船さんも、ご一献。これから、よろしくお願いします」

すかさず青葉が左隣の磐船に酌をする。巴陵はむう、と唇を尖らせたが、月波の「羽繕い」という囁きに相好を崩した。

「じゃあ、青葉の酌は俺がしてやる。……これ、俺が酒泉に置いた酒じゃないか？」

「そうですよ。ボクが、あそこから半分拝借しました。せっかく青葉が大無間山に来るというのに、最高の酒でもてなさいという手はないですから」

澄まし顔で月波がいった。続いて翔伯が口を開く
「儂も三本ほど、頂戴《ちょうだい》したぞ。そこな青葉に呑ませたくてな」

「私も……一本……。青葉殿に一口でもご賞味いただこうと……」

その場にいた天狗たちが、次々と自己申告をはじめ、巴陵が呆《あき》れ顔になる。

「なんだなんだ。みんな青葉のために酒を用意したっていうのか。……だったら、くすねた分、新しい酒を置いておけよ。そうしたら、いつでも旨い酒が飲めるってのに。こいつらときたら、補充しないである分全部呑んじまうんだから……」

ぶつぶついいつつ、巴陵が杯を掲げた。

「大無間山に新しい天狗が入った。青葉だ。みな、よろしく頼むぞ」

『応！』

巴陵の声に、青葉と巴陵以外の天狗が応ずる。

「……ってことで、後は無礼講だ。ただし！　この後、俺は青葉の羽繕いをするから、青葉を酔い潰《つぶ》すな。潰した奴は、鳳扇の的になってもらう。半殺しになりたくなけりゃあ、自重しろ」

巴陵の目が据わっている。この時ばかりは、大天狗の威厳たっぷりであった。

ただし、理由が情けないので、すべてが台無しであったが。

「さあ、青葉。呑んでみろ。旨いから」

孫に菓子を与えるお祖父《じい》ちゃんのように、蕩け切った顔で巴陵が青葉に酒を勧める。

「……いただきます」

あれほど真円が楽しみにしていた酒だ。青葉もいささか興味があった。

朱塗りの杯に唇をつけ、一口、口に含む。

辛口の日本酒特有の、辛みを感じはしたが、それも一瞬のことだった。口当たりのまろやかさ、鼻に抜ける芳醇《ほうじゅん》な香。すべらかな喉ごし。酒泉の酒は、水のようでいて水以上の飲みやすさであった。

「美味しい……！」

そうつぶやくと、青葉は杯を一息に空にした。

「青葉はイケル口のようですね。では、ボクからも一献」

いつの間にか巴陵と青葉の間に移動していた月波が、すっとチロリをさし出した。

透明な命の雫《しずく》で杯が満たされると、すぐに青葉が口に運んだ。

「青葉、酒ばっかり飲んでると、体に悪い。肴《さかな》も食えよ。あと、俺の杯も空になったんだけど」

「巴陵、せっかく青葉が美味しくお酒を飲んでいるのです。酌などさせて楽しみに水を差すのは、無粋ですよ」

しらっとした様子で月波がいうと、巴陵の杯になみなみと酒を注いだ。

「なんでおまえが酌をするんだよ！」

「そんなこといって、でも、飲むんでしょう？」

「飲むに決まってるだろ！」

巴陵と月波がやりとりしている間に、青葉の杯に磐船が酒を注ぐ。

「ありがとうございます。本当に、このお酒は飲みやすくて美味しいです」

「気に入ったようでなにより。今日は酒がたんとあるから、思う存分飲むがいい」

「はい！」

ほんのりと酒精に頬を染め、青葉がうなずく。

囲炉裏では、塩を振った川魚に、野菜や肉を刺した串《くし》が並んでいて、ほんわりと香ばしい匂いを漂わせていた。

烏天狗がイワナの串を取った。イワナから串を抜き、皿にのせて青葉の膳に出す。

イワナはじゅうじゅうと音をたて、なんともいえず旨そうであった。

「熱っ。……美味しい！」

笑顔でイワナを頬張る青葉を、大無間山の天狗たちが微笑みながら見ている。

美味しい。ご飯が、すごく、美味しい。

こんなに食事が美味しいのはいつぶりだろうか。

誰かと一緒にご飯を食べるのは、こんなに美味しいものなんだ。

孤独から解放されて、じわりと青葉の目に涙がにじむ。

入浴中も、宴会中も、青葉の涙腺は緩みっぱなしだ。

食べかけのイワナを皿に戻して、青葉がそっと手の甲で目を拭う。

すると、巴陵がどこからともなく手巾を取り出し、青葉にさし出した。

「これを使え」

「ありがとう……ござい、ます」

受け取った手巾で目元を、そして脂で汚れた指先を拭いた。

「青葉よ、この古漬けでやっても、日本酒はイケるぞ」

翔伯が漬物の皿を示してみせれば、月波が烏天狗に大皿を青葉の前に運ばせる。

「押し寿司も美味しいですよ。サーモンという異国の鮭《さけ》の押し寿司に、マヨネーズという調味料をかけていて、一口食べると、箸《はし》が止まらなくなりますよ」

「まよねぇず……。初めて聞く食べ物です」

そうして、青葉がマヨネーズを細い格子状にかけ、その上にスライスしたレモンを散らしたサーモンの押し寿司に箸を伸ばした。

「これ、美味しい！　気に入りました！　古漬けも……あぁ、これはお酒が飲みたくなる味ですね」

青葉が上機嫌にいい、酒杯を空ける。

そうして、巴陵の酒杯が空だったので、青葉はチロリを手にして酌をした。

手巾の礼のつもりだ。巴陵は笑顔で酌を受け、旨そうに酒をあおる。

「青葉が注いだ酒は、三割増しで旨い」

「冗談でしょう」

「いや、本当だ。だが、青葉が膝に座って酌をしてくれたら、この倍以上、旨くなる」

そういうと、巴陵が青葉の胴に腕を回し、そのままひょいと抱きあげる。

「急に何をするんですか！」

「急にじゃない。今まで、我慢してたんだ」

そういって、青葉のリンスで艶々になった髪に頬ずりする。

「そういうのは、やめてください」

「まぐわいなら、もうしない。……青葉がしてって頼んでくるまで、手は、出さない」

黒髪に顔を埋めながら、巴陵が青葉にだけ聞こえる声で囁いた。

「本当、ですか……？」

「しねぇよ。月波に叱られたんだ。青葉のためにもそうしろってな」

そういいながらも、巴陵の股間がやたら元気なのは、なぜなのか。

そこを突っ込むべきなのか、それとも、ものすごくやりたいのを我慢していることを褒めるべきなのか……迷うなぁ。

とはいえ、巴陵の言葉に青葉の気が楽になる。

「わかりました。……信じてますからね」

情欲の気配を濃厚に感じながら、青葉が巴陵の目を見る。

そうして、青葉が手を伸ばし、巴陵の右肩に触れた。

「あの時の怪我は、もう、治ったんですね」

「……ん？　温泉に入って霊気集中！　で、あっという間だったぜ」

巴陵の左手が、青葉の右羽根をそっと撫でた。

「青葉も毎日温泉に入るといい。温泉ってのは、五行のうちの火土金水の四行が揃ってるんだ。うちの風呂はヒノキだっただろう？　これで木行も入って五行周旋、気のめぐりがよくなるからな。そうすりゃあ……」

ここで、巴陵が口を閉ざした。

おまえの羽根も、治るかもしれない。

そういわないのは、巴陵の優しさだろうか。

いかに大無間山の天狗や烏天狗たちが気にしなくとも、青葉だけは、右羽根が折れていることを気にしている。

いつか、治るといいのに。けれどもこの羽根は、たぶん、ずっと治らない。

羽根と背をつなぐ気の脈が、治りかけるとまた切れる。そんなことをくり返すうちに、青葉は自分の羽根はもう治らないと、そう思うようになっていた。

「……っ」

背に鋭い痛みが走り、青葉が巴陵にしがみつく。

この痛み……。あれだ。つながりかけた気脈が、切れた時の痛みだ。

温泉に入ってよくなってたんだ、俺の羽根……。でも、また、こうして気脈が切れてしまうんじゃや、却《かえ》って、辛《つら》い。

気脈が切れるたびに、青葉の心から、いつかは治るという希望が、やすりで削られたようにすり減り、かわって諦めが増えてゆく。

体をこわばらせ、背中と胸の痛みに耐えていると、「青葉?」と、巴陵がいぶかしげに声をかけてきた。

巴陵は青葉を凝視していたが、おもむろに青葉を抱えて立ちあがった。

「もう我慢できねぇ。羽繕いしてやるよ」

周囲の天狗たちが、宴の途中というのに主役を連れて退席しようという巴陵に不満の声をあげる。

「うるせえ。おまえら、青葉に酒を飲ませすぎなんだよ。羽繕いしたら、また戻ってくるから、おとなしく酒でも飲んでろ!」

そう言い放つと、巴陵は奥の間ではなく、青葉の寝間へと移動した。

「奥の間だと、あいつらの声がうるさいからな。こっちの方が静かでいい」

　青葉を宝物のようにそっとおろすと、巴陵は青葉の後ろに胡坐をかいて座った。

「……この背中、いや右羽根か……いったい、どうなってんだ？」

　長いこと手入れをされず、ぼさぼさに乱れた青葉の羽根に手をやりながら、巴陵が尋ねた。

「わかりません。羽根と背中の気脈がつながりかけると、突然、背中が痛くなって……気脈が切れてしまうんです」

「どれ。これは、呪い……？　あの日、俺を襲った奴は、おまえにこんな技をかけていたのか？」

「そうかもしれないです。だから、俺はあなたの右腕が治ったとわかって、本当によかったって……」

　巴陵の右腕は治ったのに、なぜ、俺の羽根は治らないんだろう？

　どうして、気脈が治りかけては切れてしまうんだ？

　そのことが、どうにもやるせなく、青葉は唇を嚙みしめた。

「ちょっと待て。……これは……高室の気配がする」

「高室様の？」

「黒い影がおまえの中にある。ただ、すごく小さい上に、かなり深いところに入り込んでるから……俺じゃ、これは取れない」

そういって、巴陵が忌々しげに舌打ちする。

「巴陵様でも、取れないのですか？」

だとすれば、巴陵より通力も術も劣る青葉には、絶対に取ることはできない。

「高室は、元は坊主だろう？　天狗ってのは、基本的に大雑把だから、こういう陰険な呪《しゅ》に関しては、人間には敵わない。右羽根ごとぶっ飛ばしてもいいんなら、できなくもないが……それじゃあ、おまえの右羽根も消えちまう」

「では、他山にならば、この呪を解ける天狗がいるのでしょうか？」

「どうだろうなぁ……。元人間の天狗で……元々の験力が高室より二枚くらい上手の天狗なら……ダメだ、心当たりがない。高室は、こういう、底意地悪い呪術が、本当にうまいんだよ！　これだって、おまえが気づいてなかったってことは、それくらい……静かに、かかった自覚もなしに呪《のろ》われてたってことだろう」

そういわれて、青葉の脳裏に閃《ひらめ》くものがあった。

「水珠がなくなって、俺が巴陵様を助けようとして傷を負ったとわかった時、高室様が水珠がわが手に戻るまで、羽根が治ってはならぬ。そうおっしゃいました……」

「そりゃあ、高室は無自覚かもしれないが、立派な呪だな。言葉に感情――念――がのって、力を持ったんだ。高室がおまえを憎む限り、いや、水珠が高室のもとに返るまで、この呪いは消えないだろう」

「そんな！　巴陵様、早く、水珠を高室様に返してください！」

「だから、俺は盗んでねぇんだって！」

必死になって言い募る青葉に、巴陵が大声で返した。

そして、青葉は念紋を通して巴陵は嘘をついていないと、わかってしまった。

巴陵様は、水珠を盗んでいない……。

「……じゃあ、誰が水珠を盗んだんだ…………？」

呆然《ぼうぜん》と青葉がつぶやく。

水珠を盗んだ者がわからなければ、取り返しようがない。俺の羽根が、治ることもないっていうのに……。

青葉の全身から血の気が引いた。崩れそうになる体を、畳に手をついて支えた。

「大丈夫だ。落ち着け。俺がついてるから」

そう巴陵の声がしたかと思うと、青葉の体が大きなものに包まれていた。

巴陵が両腕で青葉の体を抱き、その上で両羽根で青葉を包んだのだ。

ただ腕に抱かれるよりも、もっと温かく、より深く巴陵の真心が伝わってくる。

「巴陵様……」

「安心しろ、俺が、なんとかしてやる」

たくましい胸にもたれながら、青葉は力強い言葉に、こっくりとうなずいた。

初志貫徹といわんばかりに、巴陵は落ち着きを取り戻した青葉の羽繕いをはじめた。

小さな羽毛や枯草を丁寧に取り、霊気を込めた手で羽根を撫でさする。

右羽根の歪《ゆが》んだつけ根が痛々しく、癒したいという思いに誘われて、そこにそっと口づける。

霊気を操り、青葉の気脈をつなごうとすると、あの、黒い影がうごめいたので、巴陵は急いで行為をやめる。

気脈を切られるのは、痛いからなぁ……。無理に気脈をつないでも、高室の呪いをなんとかしない限り、青葉が痛い目を見るだけだ。

こんなに青葉が愛しいのに、俺は、青葉を助けられないなんて……。

巴陵が己を無力だと、これほど感じたのは、天狗として生を受けて以来、初めてのことだった。

だが、俺は大無間山の大天狗、巴陵だ。今すぐにはできなくても、きっと、青葉の羽根を治してみせる。

そうしたら、青葉もする気になって、俺の手に念紋が出るかもしれない。

もう山移りしてしまった大無間山の天狗や、遠方へ遊行した際に出会った天狗。天狗以外にも、妖や人間の男女たち。

気の向くままに巴陵は肌を重ね、時には相手の念紋が浮かぶこともあったが、巴陵の念紋が誰かの手に浮かぶことは、一度たりともなかった。

浅く広く、いろんな天狗や妖や人を好きになった。むしろ、惚れっぽい方だと巴陵は自分のことを思っていた。

そして、青葉が現れたのだ。

青葉とは、出会いからして特別だった。なにせ、この俺が、力も使えない状態だったんだからな。

俺が誰かも知らずに、俺を助けようとした青葉に、俺は、鳳扇を貸していた……。

大雑把で知られた巴陵といえども、こと、鳳扇に関しては大無間山の天狗にさえ、滅多に触らせない。

しかし、青葉には渡す気になった。いかにその時、巴陵が通力が使えなかったとはいえ、初対面で他山の、しかも小天狗の青葉に、だ。

つまり、俺は……初めて会った時には、もう、青葉に惚れていたんだ。

だからこそ、青葉が御座山で羽根も治してもらえずにひとりぼっちでいると知った瞬間、大無間山の天狗にすると決めていた。

そして青葉との性交は、巴陵にとって特別すぎるほどに特別で、青葉の念者は自分しかいないと確信したのだ。

でもなんで、ここまで状況がお膳立てされてるのに、俺に念紋が出ないんだ……？

巴陵が左手の甲を見るが、相変わらずそこには、なんの模様も浮かんでいない。

「巴陵様、巴陵様が本当に水珠を盗んでないとしたら、いったい、誰が水珠を盗んだのでしょうか？」

「……さぁなぁ。あの日、御座山には、俺以外の余所者《よそもの》はいなかったんだよな？」

「そう聞いています」

「あくまでも仮定の話として、盗人が御座山の天狗か烏天狗だとしたら……普通は、お宝を抱えて逃げると思うんだよ。御座山の天狗か烏天狗の中で、あの日以降、姿を消したヤツはいたか？」

「いいえ。あの日以降、御座山を離れた天狗は……俺だけです」

自嘲《じちょう》するような声で青葉が答える。

「じゃあ、まずは、状況を整理するか。あの日のことに関しちゃ、俺とおまえの間に、話に食い違いがあった。だからこそ、おまえは俺を水珠を盗んだ犯人と思いこんだんだからな。……前にもいったが、俺のもとに、うちの烏天狗が御座山の者から預かったといって、手紙を届けてきたんだ。実は、由迦とはあいつが山移りした後も、たまに手紙のやりとりをしていてな。手紙が来ること自体は、そう珍しいことでもない。手紙には、大無間山に戻ることになるかもしれない。それについて相談したいから、誰にもいわずに御座山に来てほしい……とあった」。

「由迦様が、大無間山に戻る!?　どうしてそんなことを書いたんですか！」

「知らねぇよ。……だが、おまえのその様子からすると、由迦が大無間山に戻るって話は、噂にもなってなかったんだな？」

「はい。あの頃の由迦様には変わったところもありませんでしたし……高室様とも仲睦《なかむつ》まじく、毎晩のように由迦様は高室様の庫裏へ通っておられました」

青葉が懐かしそうな声でいった。その声には、高室と由迦を慕う気持ちが、強く、深く、込められている。

……なんだか、面白くないなぁ。

「おい青葉、羽繕いが終わったから、今度は俺の羽根を羽繕いしてくれ」

「えっ！　でも、俺……ほかの天狗の羽繕いを、したことないです」

青葉の答えに、巴陵がぐっと拳《こぶし》を握りしめる。

これは、なんとしてでも、青葉の初めての羽繕いの相手にならなきゃな。

その思いを胸に、巴陵は腰の引けた青葉をやる気にさせようとする。

「由迦と高室がやってるとこを見たことくらいあるだろう？　最初は真似事《まねごと》でいいから、

まずは一度、やってみてくれよ」

「……じゃあ。下手でも、文句いわないでくださいね」

渋々といった様子で青葉が立ちあがり、巴陵の背後に座った。

上手な羽繕いもいいが、つたない羽繕いってのも、また一興……ってね。

「巴陵様が御座山に行かれて、その後はどうなったんですか？」

「御座山の麓から蝦蟇の妖の住む洞窟に行く途中に、枝ぶりのいい松があるだろう？　あそこに正午ってことだった。蝦蟇の妖のもとへは、余所からの客も多いし、高室の結界も緩いから、目立たず会うには一番だからな」

「確かに、あそこへは人間さえもたまに出入りするくらいですから、他山の天狗が高室様に知られぬよう、御座山を訪れるには、一番いいでしょうね……」

巴陵の羽根を広げながら、青葉が指先で異物を探している。

天狗の羽根は、霊気を吸い、そして貯める器官でもある。それだけに感覚も敏感で、おぼつかない手つきで羽根に触れられるたび、巴陵の身の内に淡く快感が生じた。

なるほど。念者に羽繕いされるってのは、こういう感覚なのか。

まさに疑似性交。

口づけを交わすのにも似て、すべてが蕩けるように甘く、心地よい。

「あの日はいい天気だったし、昼寝しながら由迦を待つことにしたんだ。……そうしたら、風に乗って異臭がした。蝦蟇の妖の洞窟も近いし、なんかの薬の匂いだろうと思っていたら、体が痺《しび》れて、松の枝から落ちた」

「それで、大丈夫でしたか？」

「かなりヤバかった。寝ている間にたっぷり薬を吸い込んだせいか、右肩からまともに地面に落ちて、あまりの痛みに悶絶《もんぜつ》していたら、例の天狗が襲いかかってきた。初太刀で右の二の腕をやられた。とっさに天狗礫《つぶて》で反撃して、あいつがひるんだところを飛んで逃げたが、すぐに飛べなくなっちまった。薬のせいで通力が使えなくなっちまって、どうしたもんかと思ってたら、そこに、おまえがやってきたんだ」

「そういうことだったんですか……」

巴陵の説明に、青葉が息を吐き、巴陵の右肩をいたわるように手で撫でる。

「襲ってきた天狗に、心当たりはありませんか？」

「初めて見る奴だった。御座山に山移りしてきたばかりの天狗かと思ったが……」

「違います。御座山に新しく山移りしてきた天狗は、いませんでした。あいつは、絶対に別の山の天狗だったんです。……俺、羽根を切られてすぐに気を失って、気がついた時には宿堂の自分の部屋に寝かされていました。巴陵様が俺の羽根に気を送ってくれたのが、最後の記憶です。あの後、何があったんですか？」

「あの後、例の天狗が俺を蹴倒《けたお》して、おまえを抱えて走り去っていった。その後、すぐに由迦が来たんだ。おまえが鳳扇で起こした火を見て、何事かと思ったそうだ。由迦は血だらけの俺を抱えて大無間山まで運んでくれた。御座山の麓から大無間山までは、由迦の羽根ならひとっ飛びだからな」

「由迦様が……巴陵様を大無間山に運んだ？　でも、由迦様はそんなこと、一言もおっしゃっていませんでした」

青葉の声が震えていた。今にも泣きそうな声に巴陵がふり返ると、青葉が悲しげに唇を噛みしめていた。

「羽繕いは終わりだ。ほら、ここに座れ」

青葉の手首を握り、軽く引っ張る。青葉は素直に巴陵の股《また》の間に腰をおろした。

「おまえは、思っていたより甘えただなぁ。……よほど高室と由迦に可愛がられて育ったとみえる」

青葉が高室の秘蔵っこであったのは、御座山のあたりでは知られた話だ。

もし、青葉が高室に疎まれなければ、どんなことがあったとしても、巴陵は青葉を大無間山に招くことはできなかったであろう。

そういう意味では、俺にとっちゃ、悪いことばかりじゃなかったが。

「……おふたりには、とてもよくしていただきました。特に由迦様は……俺が高室様の不興を買った後でも、優しくしてくださって……。源爺と由迦様だけが、以前と変わらず、俺に接してくれたんです」

　そのことを思い出しているのか、青葉の声がさらに湿り気を増す。

「由迦がおまえに何をいわなかったのかはわからないが、あいつはなぁ……ここにいた時は、結構、自分勝手だったぞ」

「由迦様が？　まさか」

「嘘をついてどうする。自分本位で気まぐれで、悪気もなく嘘をつく。もし、あいつがおまえにそういう面を見せなかったとしたら、御座山に行って変わったのと……おまえのことを、とても大事に思っていたからだろう。だから、由迦がいわなかったということは、それなりに理由があるに違いない。その理由がわかるまで、あまり気に病むな」

　ぽんぽんと、巴陵が青葉の頭を撫でる。

「由迦から、手紙など出していないと聞いたのは、その時だったな」

「じゃあ、いったい誰が巴陵様を御座山に呼び出したんですか？」

「さあなぁ。それは俺にもわからない。案外、あの襲ってきた天狗のしかけた罠《わな》だったのかもしれないが……。あの天狗の正体も、なぜ俺を襲ったのかもわからないから、完全にお手あげだ。それで、今度はそっちで何があったか教えてくれ」

「はい」

　そうして、青葉があの後のことを語った。

気がついた後、高室の庫裏に呼ばれて、巴陵が水珠を盗んだ犯人で、逃げ去る姿を阿嘉と由迦が追ったということ。ふたりは巴陵と争って、巴陵が鳳扇を使ったこと。

青葉が巴陵を見知らぬ天狗から庇い怪我をしたというと、それは、青葉が由迦を見知らぬ天狗と見間違えて、とばっちりを食ったのだと、一方的に決めつけられたこと。

「……はぁ？　どう見ても、あのクソ天狗は由迦じゃなかったぞ!?」

「俺も、そんなはずない、といったんです。けれども、高室様は俺の話を聞いてくれなくて……。それどころか、みんなが俺の勘違いだというので、俺は、あの日、巴陵様が御座山にいたのは水珠を盗むためと思うようになっていました」

「そういうわけだったのか。しかし、由迦は、なんだってそんな嘘をついた？　これは、一度、由迦を呼んで話を聞く必要がありそうだな」

少なくとも、由迦は、俺が由迦とも阿嘉とも争ってないことを知っているはず。

それでも、そう言い張らなかったのは……高室がよほど怒っていたからだろうか。

今の由迦の一番は、高室だ。それは絶対に覆らない。

強い通力を持っていたからか、姿かたちも麗しく生まれたためか、由迦は、どこかほかの天狗を――自分以外のすべてを――舐めてかかっているところがあった。

そんな由迦が、ある日、思いつめた顔をして巴陵のもとを訪れた。

今でも巴陵は、その晩のことをまざまざと思い出すことができる。

巴陵坊の庭に立ち、冴《さ》え冴《ざ》えとした月光を身に浴びる由迦は、この世のものとは思えないほどに美しかった。

『御座山の高室を、愛してしまった。どうか、山移りすることを許してほしい』

静かに告げる由迦のまなざしは、巴陵が見たこともないほど一途《いちず》で、清らかだった。

由迦は愛する者を見つけたんだ。

愛することで、自分も変わるような。いや違う。愛することで、本当の自分に出会ってしまうような相手だ。

そんな相手と出会えた由迦が、巴陵は少し羨《うらや》ましかった。

俺も……そんなふうに変わるのかねぇ……。違う。変わったから、念紋が出たんだ。

膝の間に座る青葉を見ながら、巴陵が心の中でつぶやいた。

「とりあえず、なぜ、おまえが俺が水珠を盗んだと勘違いをしていたかわかったから、よしとするか。……御座山は高室が絶対だし、自分だけ周囲と違う意見の時に、自分の意見を主張し続けるのは、難しいことだ。なにより、御座山の奴らにとっちゃあ、俺が、あの日、御座山にいたことで、俺を盗人だと思うのが当然だしな」

気落ちした様子の青葉を励まそうと、巴陵は青葉の右手を左手で握る。

念紋の出た青葉の右手に重なる己の左手に念紋がないことが、寂しいような、間違っているような。そんな感情を抱きながら、巴陵はふたつの手を見ていた。

翌朝、青葉は目覚めた途端、強烈な頭痛と胸やけに襲われた。

「気持ち悪い……」

目を閉じたまままつぶやく青葉に「大丈夫か？」と、巴陵が声をかけた。

青葉がそろそろとまぶたを開けると、すぐ目の前に巴陵の顔があった。

「う……うぇえええっ……っ」

驚きの声をあげたつもりが、猛烈な吐き気に襲われて珍妙な声を出してしまう。

「その様子だと、二日酔いだな。ちょっと待ってろ。今、水を持ってきてやる」

巴陵が起きあがり、同時に、障子ごしに柔らかな光が見えた。

「ほら、てめぇら。俺の邪魔するんじゃねぇ！」

開け放たれた襖の向こうでは、中の間に転がる天狗たちを足でどかしながら移動する巴陵の姿が見えた。

ここは巴陵の寝間で、青葉は巴陵の布団で寝ていたのだ。

えっと……昨日は、巴陵様と俺の寝間で話し合いをした後、宴会に戻ったんだ。

由迦のことが気になり、浮かない顔をした青葉に、天狗たちは嫌なことは忘れろといわんばかりに、どんどん酒を勧めてきた。

喉ごしのよい酒を勧められるまま――わんこそばのように――空けるうちに、青葉も気分が高揚してきた。

横笛を渡されて、気のむくままに天狗囃子を吹くと、いっそう酒が回ってへべれけになり、気がつけば朝になっていたのだ。

途中、巴陵に「そろそろ飲むのをやめたらどうだ」といわれた時、「黙れ、このどスケベ天狗！」と返したことを思い出す。

「あぁあああ……」

御座山では、絶対に許されない暴言であった。

いや、そもそも御座山での酒の席は〝嗜《たしな》む〟という表現がふさわしく、ほろ酔い以上になることはまずなかったのだが。

「ほら、水だ」

戻ってきた巴陵が、透明の容器を青葉に手渡す。

「これ、なんですか？」

「ペットボトルといって、人の子が作った使い捨ての水筒で、これは中に水が入ってる」

「水筒を使い捨て！　人の子は、そんな贅沢をしているのですか」

ペットボトルを手にしたが、青葉が開け方がわからずに固まっていると、巴陵がペットボトルをひょいと持ちあげた。

「これは、こういうふうにこの蓋を回すと口が開く。やってみろ」

青葉が再びペットボトルを受け取って、水色の蓋を回した。

なるほど。うまくできているものだ。人の子というのは、面白いことを考えるなぁ。

そんなことを考えつつ、一口水を飲むと、それが呼び水となって、青葉は五百ミリリットル入りのペットボトルを一息に空にした。

「ありがとうございます。とても美味しかったです」

「すごい勢いで飲んでたな。……立てそうか？」

「……なんとか。でも、まだ少し、体が怠《だる》いです」

「あぁ……そうか。おまえは羽根が……。今、二日酔いを治してやる」

巴陵が青葉の背に手を置いた。体の中に霊気が入ってくる。

呼吸を十もくり返す間に、青葉の体はしゃっきりしていた。頭痛も胸やけも吐き気も、綺麗に消え去っている。

「羽根が治れば、二日酔いにもならなくなる。……そのためには、水珠を見つけて高室に呪いを解いてもらうしかねぇな」

「……はい」

「待ってろよ。絶対に、俺が水珠を見つけだして、おまえを元の体に戻してやる」

巴陵が励ますような笑顔を浮かべる。

その表情は、巴陵と初めて会った時の、あの笑顔と同じで、太陽のように力強い。

「さて、と……。ここで暮らすにあたってだが、山全体はもちろんのこと、至るところに結界がある。ついでに、悪戯半分にしかけられた、危険な罠もある。通力が使えれば、なんてことないシロモノだが、今のおまえには荷が勝ちすぎるだろう。……ということで、これを貸してやる」

そういって巴陵が青葉にさし出したのは、鳳扇であった。

大無間山の至宝。大天狗だけが持つことを許された、深紅の羽団扇だ。

「俺が持つなんて……！　ダメです。ご自分で持っていてください」

「コレは前にもおまえに貸したろう？　おまえはその時、コレで火を出せた。相性がいいんだよ。とはいえ、今のおまえには使えないだろう。だがな……こいつには、火を出す以外にも、素晴らしい力がある」

巴陵の意味深な口ぶりに、青葉もつい、興味を持った。

「どんな力ですか？」

「この大無間山に張られた結界や罠、それに天狗どもの術は、こいつがいると発動しない。つまり、おまえは大無間山を自由に歩けるってことだ」

「そんなことができるんですか？」

「そうしないと、俺の身がもたなかったんだよ。うちの天狗どもは、俺をどれだけ乱暴にてきてなぁ……」

遊んでも壊れない玩具《おもちゃ》とでも思っているのか、昔っから、しょうもない悪戯をしかけてなぁ……」

　過去の悪戯の数々を思い出しているのか、巴陵の眉間に深い皺が刻まれる。

「ただ、単純な落とし穴なんかには効果がない。足元には気をつけろよ」

「落とし穴って……」

　一人前の天狗がそんなこどものような悪戯をするなんて。

　青葉は呆れ、そしてその後、無性におかしくなった。

　そうか。それが大無間山なんだ。何から何まで御座山とは違う……愉快な場所なんだ。

　とはいえ、愉快さだけを追求すれば、そこは無法地帯になってしまう。

　それでも大無間山が天狗の一党が住まう場所として長いことやってこられたのは、きっと、どの天狗も優しいからだ。

　昨晩の宴会では、みんな俺のために酒泉に置いた日本酒を用意してくれて……美味しいご馳走もたくさん食べさせてくれた。

　なにより、俺の羽根のことを馬鹿にしないで、ちゃんと天狗として扱ってくれる。

　それが、どんなに嬉しかったか。

「お借りします。大事にしますね」

　借り物だけど……しかも、あの鳳扇だけど……羽団扇を持てるのは、嬉しいな。

青葉が一人前の天狗のように、帯に羽団扇を差し込んだ。

そこへ、月波があくびをしながらやってきた。

「おや、青葉。巴陵から鳳扇を借りたのですね」

「はい。まだ半人前の俺には、過ぎた羽団扇ですが……」

「巴陵がそうする、と決めたのですから、ボクに異存はありません」

「そんなことより、おまえら、落とし穴作りはもうやめろよ。青葉は飛べないんだからな。すぐに俺が治してやるが、それでも、穴に落ちて怪我をしたらかわいそうだ」

「それはそうですね。……巴陵、ちょっと来てください」

月波がひょいと縁側から庭に下り、巴陵を手招きする。巴陵が月波に近づいた途端、巴陵の「うわっ！」という声が聞こえた。

青葉が庭を見ると、コロコロと笑う月波と渋面で宙に浮かぶ巴陵がいた。

「おまえなぁ……。こんなところに落とし穴なんか掘って、青葉がひっかかったらどうすんだよ！」

文句をいいながら巴陵が地面に降り立つ。

次の瞬間、地面が陥没し、巴陵の姿が消えた。

「巴陵様！」

青葉が慌てて庭に下りた。すぐに巴陵が飛びながら穴から出てきた。

「どうして、ふたつ並べて落とし穴なんぞ掘る！」

「そりゃあ、落とし穴をひとつやりすごして油断した間抜けが、直後に同じ罠にひっかかる姿を見たかったからですよ」

「おまえなぁ……」

宙に浮かんだ巴陵が、頭が痛いとでもいうようにこめかみに手をやった。

「他愛のない悪戯は、天狗の本性。さあ巴陵、落とし穴はまだまだありますからね。全部に見事、落ちてもらいましょう」

「おまえが素直に穴の在処《ありか》を教えれば問題ないんだよ」

「そんな。せっかく作ったのです。ちゃんと、用途通りに使われなければ、落とし穴が浮かばれません」

「どんな理屈だよ！」

月波の屁《へ》理屈に、巴陵が突っ込む。他愛のないやりとりに、青葉は笑ってしまった。

それから、月波が巴陵坊の周囲の落とし穴に巴陵を案内し、巴陵が律義に落とし穴にはまっていた。

そのたびに月波が笑い、巴陵が毒づく。

巴陵様、落とし穴にはまって文句をいってるけど、楽しそうだな。このやりとりって、一種のお約束……みたいなものなのだろうか？

ふたりから少し離れた場所――巴陵が危ないから近寄るなと厳命したのだ――で、青葉が小首を傾げていると、月波がとととと、と小走りに近づいてきた。

「巴陵は、優しいでしょう？　いちいちボクの作った落とし穴に、ちゃあんと落ちてくれるんですから」

「やっぱり、わざと落ちてるんですね。でも、どうして？」

「ボクは、業の深い天狗ですので、他愛ない悪戯をして毒気を抜かないと、おかしくなってしまうんです。ボクの身は、毒気が溜《た》まると成長します。そうですね、青葉くらいの年恰好になった時は、危険信号です。今の巴陵くらいの年恰好になったら、もういけません。人里におりて暴れまわり、たくさん人を殺してしまいます。人にとって、ボクは、災厄そのものです。でもボクは……人を殺すのは、好きではないのですよ」

ぽつり、と悲しげに月波がいった。

おそらくそれは真実で、そうならないために、月波は悪戯をし、巴陵はその悪戯を甘んじて受けているのだろう。

天狗というのは、聖魔相半ばの存在で、中でも、月波は魔の要素が強い天狗なのだ。

でもそれは、月波のせいではない。

「……俺にも、ちょっとだけなら、悪戯してくれてもいいんですよ」

「青葉は、優しい子ですねぇ」

月波がにっこり笑ったところで、ぷいぷい飛びながら巴陵がやってきた。

「落とし穴は、これで全部か？」

「坊の周囲は終わりました。ほかにも、少し遠い場所に、いくつか落とし穴をしかけています」

「じゃあ、もういいか。坊に戻って休むとしよう」

「何をいっているのですか！　何かの拍子に青葉が落ちないとも限りませんし、これを機会にすべての落とし穴に落ちてください」

平然と月波が言い放ち、巴陵がうへぇという顔をした。

「さあ、行きますよ。青葉はここで待っていてください。かなり足場の悪いところにも、罠をしかけていますから、青葉には少々危険なのです」

「悪いな。後で遊んでやるから、ちょっと待っててくれ」

こっくりと青葉がうなずくと、月波が巴陵を引き連れて、空高く舞いあがった。

ぐんぐんと高度をあげて、青い空を自由に飛んでいく。

「……いいなぁ……」

俺も……いつかまた、自由に飛べるようになるといいのだけれど。

そう心の中でつぶやくと、青葉はぐるりと周囲を見渡した。

小一時間ほど落とし穴を辿り歩くうちに、いつの間にか、巴陵坊からかなり離れた場所まで移動していたのである。

木々が視界を遮り、坊は影も形も見えない。それでも青葉は来たと思しき方向へ向かって歩き出す。

御座山であれば、徒歩で一時間ていどの距離はあっという間に走って帰れる。しかし、ここは、慣れ親しんだ御座山ではなく、初めて訪れる場所であった。

誰かに会えるといいなぁ。まあ、どんなに迷ったとしても、ここは巴陵様の結界の中だ。俺の帰りが遅くなれば、きっと巴陵様が俺を探し、俺がどこにいても、巴陵様にはすぐわかるだろう。

迷子になりかけにしては呑気《のんき》に青葉が歩いていると、木々の梢《こずえ》の向こうに日本酒の一升瓶を抱えて飛ぶ、烏天狗たちの姿が見えた。

「おーい！」

青葉が声をあげると、烏天狗たちはすぐに青葉のもとへとやってきた。

「これはこれは青葉様。こんなところでいかがなされた？」

烏天狗は全部で五羽。みな、青葉より少し小柄なくらいの立派な烏天狗であった。それぞれが両手に一本ずつ一升瓶を持っている。

「道に迷ってしまって……。巴陵坊に戻りたいんだけど、案内してもらえるかな？」

「それはかまいませぬが、我らは役目の途中でして。仕事を終えてからでもよろしいでしょうか？」

「役目って……？」

「酒泉に、日本酒を運ぶよう、磐船様にいいつかりました」

「だから一升瓶を持っていたのか！　だったら、俺もついて行っていい？」

酒泉で寝かせた酒は絶品で、青葉は酒泉に興味があった。

五羽の中の頭目格の烏天狗がうなずいた。烏天狗たちは地面に降りて、徒歩で酒泉まで移動をはじめる。

「ごめん。飛んだなら、酒泉まであっという間だったよね」

青葉が最後尾にいた五羽の中でもひときわ小柄な――いっそ可憐《かれん》といいたくなる風情の――烏天狗に声をかける。

「……青葉様は、巴陵様の大切なお方ですから」

切なげに、どこか憂いを秘めた瞳で烏天狗が答えた。

なんだろう、この烏天狗……誰かに似てる……。そうだ、由迦様に似てるんだ。

由迦様は、たまにこんな目をする時があった。

悲しいことがあるのかと、由迦様に尋ねたら……いつも、笑ってはぐらかされてしまったっけ。

「君の名前は？」

天狗同様に、烏天狗にも名がある。青葉が小柄な烏天狗に名を尋ねると、小さな声で「若葉《わかば》」と答えた。

「若葉かぁ。俺と、少し似てるね。よかったら、これからなかよくしてほしい」

屈託なく青葉がいうと、若葉が困ったように目を背けた。

「青葉様、あまり若葉を困らせないでいただきたい」

「俺は困ってないよ、松枝《まつえ》」

頭目格の烏天狗――松枝――がきつい口調で青葉にいうと、慌てて若葉がとりなす。

「俺となかよくするのは、迷惑だった？　ごめんね、まだ俺は大無間山の掟《おきて》や慣習に詳しくないんだ」

「大無間山には、天狗と烏天狗がなかよくしてはいけない、という掟はありません」

「やっぱりそうなんだ！」

巴陵様が治める山だもんなぁ、そんな掟があるはずがない。……ということは、若葉が俺となかよくしたくない……ってことか。

俺、若葉に嫌われてるんだ！

でも、会うのは初めてなのに……。どうして？　やっぱり、俺の羽根が折れてるから？ちゃんとした天狗じゃないから……なんだろうか……。

しゅんとした天狗の足取りが鈍る。うつむいて歩く青葉の耳に「酒泉に着きました」と、若葉の声が聞こえた。

顔をあげると、しめ縄がかかった洞窟の入り口が見えた。

入り口は高さが六尺弱といったところで、中もそれなりに奥ゆきがありそうだ。

松枝が中に入ろうとするが、見えない壁に阻まれたように足を止めた。

「しまった。大天狗様の結界が張られたままだ……。我らの通力では、この結界を越えられないぞ」

「しかたがない、いったん坊に戻り、天狗のどなたかを呼んでこよう」

「巴陵様にも、この結界を解くように頼まなければ」

烏天狗たちが顔をつきあわせて相談する。

そういえば、巴陵様が俺の代価として渡す一升瓶が取られないように、結界を張ったっていってたっけ。

……そうしてまで守ろうとした一升瓶十本のうち九本が天狗たちの手により拝借されてしまったのだから、その努力は無駄であったのだが。

一升瓶を地面に置き、一羽の烏天狗が飛び立とうとする。

「待って。鳳扇を使えば、この結界を破れるかも」

青葉が腰に差した鳳扇を手に取った。

赤い羽団扇を見て、烏天狗たちが口々に驚きの声をあげる。

巴陵様が張った結界であっても、鳳扇があればしめ縄を外せるはずだ。

青葉が右手の中指と薬指と小指で鳳扇を握り、空いた親指と人さし指でしめ縄を摘まんだ。

しめ縄に触れた瞬間、ぴりりと電流に似た衝撃が走るが、すぐに治まった。そして、青葉がしめ縄を引っ張ると、あっけないほど簡単に結界が破れた。

「結界が破れました。これで中に入れますよ」

「おお！　これはありがたい」

「手間がはぶけましたな」

烏天狗たちが朗らかな声でいいながら、次々と洞窟に入ってゆく。ただ、松枝だけが忌々しそうに舌打ちした。

「ありがとうございます、青葉様」

小声で若葉が礼をいい、一升瓶を抱えて酒泉へ入った。青葉も若葉の後に続く。

洞窟の中は暗く、奥に行けば行くほど狭まっている。天狗や烏天狗が入れるのは、入り口から五間ほどのところまでか。洞窟の壁面に沿って飴色《あめいろ》になった白木の台が置かれ、烏天狗たちが一升瓶を並べていった。

青葉は酒泉を物珍し気に見渡した。

洞窟の奥から、すごい気が溢れている……。それだけじゃない。壁のそこここに割れ目があって、そこからも気が吹き出している。

しかも、洞窟の奥からと壁から吹き出す気は、質が違っていた。そして、ただ気が溢れているだけならば、風が吹けば散ってしまうが、洞窟という地形ゆえに、二種類の気がほどよく混ざりあい、酒泉にしかない独特な気を醸成している。

「二種類の気が混ざることはあるけど、その混ざった気がお酒を美味しくするっていうのは、滅多にないだろうなぁ。確かにここは、特別な場所だ」

青葉の羽根が酒泉の気に反応して、濃密な気を取り込みはじめる。その瞬間、右羽根のつけ根が鋭く痛み、青葉がその場に膝をついた。

「青葉様、いかがしましたか？」

若葉がやってきて、青葉の肩に手を添えた。

「ありがとう。このまま、俺を洞窟の外に出してくれる？」

青葉の頼みに若葉がうなずく。

松枝がすぐにやってきて、青葉の右手を若葉が、左手を松枝がつかんだ。

二羽がかりで青葉を支え、洞窟の外に運ぶ。

「青葉様は具合が悪いようだ。しばらく我らが様子をみるから、おまえたちは先に坊に戻っていろ」

適当な木の枝に青葉を座らせると、松枝がほかの三羽にそう指示を出した。

三羽が飛び立ち、若葉が腰にさげた瓢簞《ひょうたん》を青葉に渡した。

「水です。どうぞ」

細やかな心遣いもまた、若葉は由迦に似ていた。

「ありがとう。……美味しいよ」

涼やかな水で喉を潤すと、心が落ち着き、背の痛みが消えてゆく。

顔色が良くなった青葉の手を、松枝がつかんだ。

「……青葉様は、この大無間山に興味がおありのご様子。よろしければ、坊に戻る前に、我らが山中をご案内いたしましょう」

断ることなど許さない、というように、松枝が青葉を見据えた。

「俺、朝ごはんも食べてないし、それより先に坊に戻りたいなぁ」

「食事など、山中の松葉を食せばいいでしょう。大無間山には、いい松がいくつもございますぞ」

遠慮しようとする青葉に、松枝がぐいぐい押してくる。

この強引さ……。ちょっと、阿嘉様を思い出すなぁ。

松枝が阿嘉様に似ているならば、従った方が後々面倒がない。そう青葉が考える。

「じゃあ、せっかくだし、お願いしようかな」

「では、参ろうか。……若葉」

松枝の呼びかけに若葉も青葉の腕を取った。二羽が同時に羽ばたいて、ふわりと青葉が宙に浮いた。

青葉を運んでいるせいか、危なっかしい空中飛行であった。空高く羽ばたいて木々を越えるのではなく、低空飛行で木の間を縫うように進んでゆく。

松枝と若葉の連携が取れず、青葉は木の幹や大岩に何度もぶつかりそうになる。

「……まだ、着かないの？」

「もうじきですよ」

恐々と尋ねる青葉に、松枝が答える。

どうやら山を下っているようだが、青葉には、どのあたりかわからない。そうするうちに、大無間山の結界を越え、水音がしはじめた。

「着きましたぞ」

そういって松枝が降り立ったのは、山肌に突き出た、畳一畳分ほどの広さの岩の上だ。すぐ右横に流れ落ちる滝があり、正面には御座山が見える。

水飛沫《みずしぶき》を浴びながら、青葉が御座山を見た。二日ぶりに見る故郷であった。

「山移りしてまだ二日とはいえ、お懐かしいでしょう？」

「うん……」

無意識に青葉が手を伸ばす。そうすれば、御座山に手が届くとでもいうように。

食い入るように故郷を見つめる青葉の耳に、羽音が聞こえた。見れば、松枝が若葉の手を握り、空中に浮かんでいた。

「どこに行くの？」

困惑する青葉を見おろしながら、松枝が冷たい声でいった。

「我らは、坊に戻ります。青葉様はここでじっくりと故郷を見ているといい」

「それって、俺をここに置いてゆくってこと？」

青葉が悲鳴のような声で聞き返す。

今いる岩場は、右は滝、それ以外は左も上も下も岩肌が続き、天狗の跳躍力をもってしても、どこにも行けない。飛べない青葉には、危険極まりない場所だ。

おまけに、ここは大無間山の結界外なのだ。巴陵が青葉に探すにしろ、居場所がわかるまで時間がかかるに違いなかった。

「……松枝。どうしてそんな意地悪をするんだ」

若葉が松枝の袖を引っ張った。

「こいつが、気に入らないからだ。羽根が折れて飛べない天狗など、天狗ではない。なのに、天狗の皆様方はこいつを歓迎している……。その上、来たばかりの新参者なのに、大無間山の宝、鳳扇をこれ見よがしに使いおって。腹だたしいことこの上ないわ！」

「でも、それは巴陵様がお決めになったこと」

「巴陵様も巴陵様よ！　たとえ、以前に助けられたとはいえ、すっかり腑抜《ふぬ》けになってしまった。見よ、あやつの手を。こんな半端天狗に巴陵様が念紋を捧げるとは。しかも、もっと業腹なことに、こやつは巴陵様に念紋を捧げていないのだぞ！」

憤懣《ふんまん》やるかたない、といった様子で松枝が語る。

「巴陵様が勝手に俺に念紋を寄こしたんだ！　それに、俺は清童だったんだぞ。初めてしたのに、念紋を捧げられるわけないじゃないか！」

ここに置いていかれては堪らない。青葉が必死になって言い訳する。

しかし、巴陵に心酔する烏天狗に対しては、火に油を注ぐ結果となった。

「なんという言い草！　おまえなど、巴陵様の念者にふさわしくないわ！　なあ若葉。そなたもそう思うであろう？」

「天狗様方のことに烏天狗が口を出すのはご法度だから……、俺には何もいえないよ」

「何をいうか！　そなた、巴陵様を好いておろうに。巴陵様だとて、ずっとおまえに羽繕いを頼んでおったではないか。このような半端天狗が巴陵様の念紋を所有して、悔しくはないのか！」

「大天狗の巴陵様と俺では、身分が違いすぎる。元から、好きになっても叶わぬ恋だったんだ!!」

そう叫ぶと、可憐な烏天狗がポロポロと涙をこぼしはじめた。

その様を見て、青葉は「あぁ」と、得心していた。

つまり、若葉は巴陵様のお気に入りで、若葉も本気で巴陵様に恋をしていたんだ。

天狗の常識として、大天狗が烏天狗を念者にすることは、決してない。それがわかっていてもなお、若葉は巴陵様が好きで……。

そして、松枝はたぶん、そんな若葉のことが好きなんだろう。

若葉が好きだから、松枝はいるだけで若葉を苦しめる俺が嫌いだし、憎いんだ。

「ねえ、松枝。君は若葉が好きなんだろう？　なのにどうして、若葉が巴陵様とうまくいくといいと思うの？　それだと、君が失恋しちゃうじゃないか」

「貴様……何を戯《たわ》けたことを！」

青葉の問いに、あからさまに松枝が動揺する。そして、若葉は、といえば驚いたように松枝を見やった。この様子では、若葉は松枝の想いに気づいてなかったようだ。

「松枝……？」

「こやつの言葉など信じるな、若葉。我はおまえの友であり、おまえの味方。だからおまえが幸せになることを祈っておるのだ」

焦った松枝の言葉に、青葉はそういうことか、と思った。

松枝は、本気で若葉が好きなんだ。だから、自分の恋を叶えることより、若葉の恋が叶うことを願っている。

「松枝、君は、本当にいい烏天狗なんだなぁ」

かといって、若葉の恋敵である青葉を物理的に坊から遠ざけるのは、いかにもつたないいやがらせであったが。

天狗はもとより賢くないし、烏天狗は天狗に輪をかけて賢くないから、しかたないことでもあった。

「何をいうか！　もういい。さあ、若葉、行くぞ！」

松枝が若葉の手を取り、強引に上空へと飛翔《ひしょう》する。

若葉は、どうしたものかというように青葉を見て「ごめんなさい！　後で、助けに参りますから」と謝った。

みるみるうちに小さくなってゆく烏天狗たちを、青葉は呆然と眺めた。

「お腹すいた……。それに、これからどうしよう」

ため息をついて青葉が周囲を見渡した。

とりあえず、真横が滝だから、飲み水には困らないけど、水飛沫がかかって体が濡れちゃうし、この岩場も苔《こけ》が生えてて足元が滑りやすい。気をつけないと。

そう思ってしゃがもうとした瞬間、青葉は足を滑らせていた。

岩場から、まっさかさまに落下する。

「うわぁあああああ」

悲鳴をあげつつも、青葉は左羽根を羽ばたかせる。

このまま落ちたら、岩場に激突だ。せめて滝壺《たきつぼ》に落ちて衝撃を和らげなきゃ。

限界を超えて左羽根を羽ばたかせ、なんとか空中で右方向へ移動できたと思った瞬間、水面に叩《たた》きつけられる。

「！」

強い衝撃が全身を襲い、青葉の息が止まる。

滝壺はさほどの深さはなく、続けざまに川底に体がぶつかった。

思わず悲鳴をあげると、青葉の口に大量の水が入ってきた。

口だけでなく、鼻にも水が入り、青葉の息が苦しくなる。

さすがにコレは……死ぬかもしれない……。

消えゆく意識の中、青葉は死を覚悟していた。

月波とともに山中を巡り、すべての罠《わな》にひっかかった巴陵が巴陵坊に戻った。

なんかもう、疲れた。これは、青葉に羽繕いをしてもらって癒《いや》されるしかない。

それだけを楽しみに坊に入るが、青葉の姿が見えない。

厨《くりや》に顔を出し、烏天狗《からすてんぐ》たちに「青葉は？」と聞くが、烏天狗たちは小首を傾《かし》げるばかりだ。

「おっかしいなぁ……。あそこからここまでは、天狗の足なら半刻もかからない距離だっていうのに……」

月波が心配そうな顔をして巴陵の袖を引っ張った。

「巴陵、青葉は大無間山に着いて間がなく、外出をするのは初めてです。もしかして、迷子になったのでは？」

「まさか。ちょっと飛べば、上から坊はすぐ見えるんだぞ？」

「お間抜けさん。青葉は飛べないのですよ。上から坊を探すことができません」

「いやでも……結界内に異変は生じてない。誰《だれ》かが〝助けて！〟って叫べば、さすがに俺だって気づくからな」

「青葉は、芯《しん》の強い子ですし、天狗だけあって気が強い。多少迷子になったところで、〝助けて！〟と、叫ぶとは思えませんが」

その言葉に、巴陵が口を閉ざして黙り込む。

月波の言う通りかもしれねぇ。青葉は、変なところで意地っ張りだから。迷子になっても、そのままどんどん遠くへ歩いて行っちまいそうだ。いや、いっそのこと、別れた場所に戻って、俺が迎えに行くのを待つかもしれない。

いずれにせよ、ここに青葉はいない。

むむむ、と、うなると、巴陵はとりあえず寝間に行こうと決めた。

「ちょっと集中して、結界内を探ってみる」

「それがいいでしょう。ボクは、烏天狗たちに青葉を見なかったか聞いてみます」

すぐに月波が厨を出て行った。

巴陵は早足で移動しながら、自分の寝間に行き、どっかりと畳に腰をおろす。

意識を集中して、山中を探る。しかし、青葉と思《おぼ》しき気は見つからなかった。

「……青葉の気を、俺がわからない……？　まさか。そんなことあるはずがない」

そうは思いつつ、巴陵はすぐに探査の対象を青葉から鳳扇に切り替えた。

鳳扇は、巴陵の分身といってもいい存在だ。青葉を捕えられないことがあっても、鳳扇の在処《ありか》がわからない、ということはない。

目を閉じて、巴陵が意識を集中させる。

……あれ？　おかしいな。鳳扇の気配も見つからない……？

ありえない事態に、巴陵の血の気が引いた。

「なんで！　どうして！　俺の通力はどうなっちまったんだ⁉」

衝撃のあまり、巴陵が頭を抱えてゴロゴロと畳を転がる。

「巴陵、何を面白いことをしておるのだ？」

「遊んでる場合ではないだろう。青葉殿が迷子になったというのに」

翔伯と磐船が寝間にやってきた。

「おまえら！　俺、結界内の青葉の気を探ったんだが、捕えられなくて……。しょうがないから、鳳扇の気配を——青葉に鳳扇を渡してたんだ——探ったんだが、やっぱり見つからないんだよ！」

「なんと！」

「青葉殿はまだしも、鳳扇の気配がわからないとは……」

翔伯と磐船が困惑した顔で巴陵を見やる。

「俺、念紋を出して、通力が変になっちまったのかなぁ」

うろたえるあまり、巴陵が寝転がりながら髪をかきむしる。

「まずは落ち着くのだ、巴陵」

翔伯が畳に膝《ひざ》をつき、巴陵の無防備な腹に肘打《ひじう》ちを決めた。

油断していた巴陵が、まともに肘を喰《く》らい、痛みのあまりに悶絶《もんぜつ》する。

「てめぇ！　何すんだよ‼」

呟《せ》き込みながら巴陵がいうと、翔伯が「落ち着いたであろう?」と、しれっとした顔で返した。

「確かに、落ち着いたけど……。おまえらのやり方は、乱暴なんだよ」

ぶつぶつ言いながら、巴陵が畳に座り直し、ふたりが後に続いた。

「まずは、念紋の件だが……。私は、念紋を出したからといって、通力に変化があった、という話は聞いたことがない。とりあえず、青葉殿と鳳扇以外のもの……酒泉の中は見られるか?」

真剣な顔で磐船が尋ねる。

「……供物台に、一升瓶が十本のってる」

「私が、烏天狗に運ぶよう命じさせたものだ」

巴陵の答えに、すぐに磐船が応じた。そして、今度は翔伯が巴陵に問いかける。

「では、烏天狗の若葉がどこにいるか、わかるか?」

「あいつは……えっと……烏天狗たちのたまり場で、松枝と話をしている」

「儂《わし》はここに来る途中、烏天狗たちのたまり場で若葉を見た。巴陵の通力に問題はない。……となれば、青葉は結界の外にいるのではないか?」

翔伯がいうと、巴陵と磐船が「まさか」という表情で老天狗を見やった。

「翔伯殿、さすがに結界の外に出たのならば、巴陵もわかるのではないか?」

「なんじゃと！　青葉は鳳扇を持っておるというではないか！　鳳扇があれば、巴陵の結界を出ても、巴陵に気づかれることがないのだぞ‼」

磐船に異を唱えられ、翔伯がふくれ顔で言い返す。

「確かに、そうだ……。迷子になった末に、青葉が結界外に出たという可能性はなくはない。でも、青葉だって山育ちの天狗なんだ。結界の外に出たら大天狗に助けの声が届かないことくらい、わかってるはずだ」

その時、月波が寝間に飛び込んできた。

「わかりましたよ！　青葉はボクたちと別れた後、烏天狗たちと一緒に酒泉へ行ったそうです」

月波の報告に、一同がほっと胸を撫《な》でおろす。烏天狗と一緒ならば、少なくとも迷子ではないからだ。

「なるほど、青葉殿は烏天狗らと行動していましたか。それで、もちろん、烏天狗らとともに戻ってきたのでしょうな」

磐船が尋ねると、月波が首を左右に振った。

「ボクが話を聞いた烏天狗たちとは、酒泉で別れたそうです」

「まさか奴らは、青葉を置いて、帰ってきたというのか⁉」

巴陵が一瞬で怒りの表情に変わった。

「いえ。青葉は酒泉で具合が悪くなり、しばらく休む必要があって、松枝と若葉が残ったそうです」

「松枝と若葉が一緒なのか。いや、待て。あいつらはさっき烏天狗のたまり場にいたぞ。なのに、どうして青葉はどこにもいないんだ？」

巴陵の言葉に、今度は月波が目を丸くした。

「……松枝と若葉を呼んで、話を聞く必要があるな。もし、青葉をどこかに置き去りにしたとしたら……ただじゃおかねぇ」

怒りのあまり、巴陵の顔が髪色に負けないほどに赤くなった。

『松枝、若葉。今すぐ、巴陵坊に来い！』

すぐさま巴陵が心話で命じ、その後は心眼で二羽の様子を監視する。

若葉が泣き出しそうな顔でむっつり顔の松枝の袖を引っ張り、二羽が飛び立った。

……この様子だと、あいつら、青葉の行方について、何か隠してるな……。

烏天狗の分際で、この俺が念弟と定めた天狗に手を出したとあらば、絶対に許さん。

「……巴陵、なんという顔をしているのですか。あまり烏天狗を脅かすと、聞けることさえ聞けずじまいですよ」

ちょいちょいと月波が巴陵の袖を引っ張った。

「そうだとも、巴陵。そうじゃ！　この儂がその烏天狗どもと相撲をとって、儂が勝ったらきゃつらに洗いざらいすべてを話してもらうというのはどうじゃ！」

自分が相撲をとりたいのが丸わかりの翔伯の言葉に、巴陵の体から怒気が抜けた。

「まあ……爺《じい》さんの意見は悪くねぇが、それはまた今度……。いや、話によっては、爺さんが満足するまで相撲の相手をさせるってのも悪くねぇな」

翔伯の相撲好きが高じ、あまりにも烏天狗に相撲を挑むことで、大無間山の烏天狗たちは相撲を敬遠するようになっている。

つまり、翔伯と相撲をとることを罰にしようと、巴陵は考えたのだ。

巴陵のつぶやきに翔伯が目を輝かせ、月波と磐船は〝かわいそうに〟という顔でため息をつく。

「そうなったら、松枝も若葉も、三日は相撲につきあわされることになる」

磐船のつぶやきに、月波がうなずいたところで松枝と若葉が互いを支えあうように、寝間とは縁側を隔てた庭先へ姿を現した。

時代劇のお白洲さながらに、巴陵が座敷に座り、庭に正座した二羽に対峙《たいじ》する。

「おまえたちに、聞きたいことがある。……青葉のことだ」

巴陵が口を開いた瞬間、若葉がその場に平伏する。

「申し訳ございません、巴陵様！」

「知っていることを、すべて話せ。そうすれば……少なくとも、消し炭にするのは勘弁してやる」

　横目でウキウキ顔の翔伯を見ながら、巴陵が告げた。

「おまえたちふたりが、青葉と行動していたのはわかっている。青葉をどうした？　青葉は今、どこにいる？」

「青葉様は、行方不明でございます！　どこにいらっしゃるかはわかりませぬ!!」

「いったい、どういうことだ！」

　若葉の答えに、巴陵の全身から怒りの気が溢《あふ》れた。気は、突風となって烏天狗たちを襲い、二羽がコロコロと庭を転がり、板塀にぶつかって動きを止めた。

「我らは……ほんの悪戯《いたずら》心で、青葉様を結界を越えた滝まで連れて行き、高所の岩場に、置き去りにしたのでございます」

「なんだと？」

　若葉の答えに巴陵が目をむき、今度はつむじ風が烏天狗たちを襲う。

　悲鳴をあげる烏天狗を見て、月波がやんわりと巴陵を窘《たしな》めた。

「巴陵、その怒りの気を抑えなさい。これでは、いつまで経っても話が聞けませんよ」

「こいつらは、飛べない青葉を高いところに置き去りにしたっていうんだぞ!?」

「ボクも酷《ひど》い話だと思います。けれども、力を抑えられないのであれば、どこぞに引っ込んでいなさい。ボクが、かわりに話を聞きます」

月波の言葉に、巴陵がなんとか怒りを抑えた。風がやみ、ようやく若葉が口を開く。

「さすがに悪いことをしたと、すぐに、迎えに行ったのです。けれども、その時には青葉様のお姿は岩場になく……」

「ならば、なぜすぐに俺に知らせなかった」

厳しい声で巴陵が詰問する。その間にも、すでに巴陵は心眼で滝の周辺を探り、青葉の気配を探していた。

滝の周囲に青葉がいないとわかると、すぐに川沿いを探りはじめる。

川をかなり下った水神の祠《ほこら》近くに青葉の気配があった。上半身が淵《ふち》に張り出した木の枝にひっかかり、下半身は川に浸《つ》かっている。

そんな体勢のまま、青葉はぴくりとも動かない。

意識がないのか……。すぐに助けに行かないと、青葉が危ねぇ。

「……青葉を見つけた。俺は、今すぐ助けに行く。若葉、松枝、詳しいことは戻ってから話を聞くが、おまえたちには、それまで爺さんの相撲の相手をしてもらうぞ！」

巴陵の言葉に、烏天狗たちが悲鳴をあげる。

「磐船と月波は、青葉が戻ってきた時、すぐに手当てできるように準備してくれ。どうやら、かなりやばい状態のようだ。……爺さんは、たっぷり相撲を楽しんでくれ」

「あいわかった！」

背中に上機嫌な翔伯の返事を聞きながら、巴陵は宙を飛んでいた。

まさに疾風《はやて》の如《ごと》く空を翔《か》け、一路、青葉のもとへと向かう。

その間も、巴陵は心眼で青葉の姿を見続けている。

淵の水中から、するりと女の腕が伸び、青葉の体を抱いた。淵に住む水妖《すいよう》——祠の主——だろうか。水妖は、愛《いと》しげに青葉を抱いて、川岸に向かって移動する。

まさか、正体がないのをいいことに、青葉に悪さをする気じゃねぇだろうな。

水妖は青葉を川岸に引きあげると、あおむけに寝かせた。半分ほどけかけた帯を解き、浅葱《あさぎ》色《いろ》の着物を脱がせはじめる。

「おいおい……、勘弁してくれよ」

巴陵がそうつぶやいた時には、結界を出て青葉が落ちた滝のあたりまで来ていた。ゆるやかに蛇行する川を見おろしながら、一直線に水神の祠へ向かって飛ぶ。

巴陵が豆粒ほどの青葉の姿を視界に捉《とら》えた時には、青葉はすでに着物も襦袢《じゅばん》も脱がされて、褌《ふんどし》以外、もう何も身にまとっていない。

水妖はうつぶせになった青葉の背に触れると、小首を傾げた。悲しげに首を左右に振ると、かわりに背中に手を当てた。

「青葉をどうするつもりだ！」

巴陵の叫び声に、水妖が顔をあげた。そうして、川岸に転がっている鳳扇を見て、次に巴陵を見あげると、そのまますうっと姿を消した。

「……なんだったんだ………」

そうつぶやきつつ巴陵が川岸に降り立つと、急いで青葉のもとへ駆け寄る。

息はある。しかし、体は冷え切っていて、全身が傷だらけであった。

さすがに強靭《きょうじん》な天狗といえども瀕死《ひんし》の重傷だ。あの水妖が川から引き揚げ、そして濡《ぬ》れた服を脱がせていたことで、すぐにも巴陵は治癒に取りかかれた。

「もしかして、あの水妖、青葉を助けてくれたのか……？」

そうひとりごちると、巴陵は流木に火をつけ青葉の体をうつぶせのまま膝にのせた。それから、一番重症であった背中の傷に手を当てる。

右羽根が折れた青葉は、気を送っても効果が出るのが遅い。また、一度に大量に気を送れば右羽根の呪《しゅ》が発動しかねない。青葉を癒すのは巴陵には難しい作業となった。

焦りは禁物だ……ってのは、わかっちゃいるが、焦っちまうな。

じりじりしながら、青葉の全身を内側も含めて確かめ、状態を把握し気を送る。

早く、目覚めてくれ、青葉。

祈るように心の中でつぶやきながら、巴陵が作業に集中した。

青葉の手足に気が通いはじめると、青ざめた唇から小さく声がもれた。

「青葉！」

「……巴陵、さま？」

「そうだ。俺だ。助けに来たぞ。もう大丈夫だ」

「……はい」

　力強い声での励ましに、こっくりと青葉がうなずいた。

「そうだ。これを持ってろ。ちょっとだけ体が温かくなるから」

　巴陵が鳳扇を通力で引き寄せ、青葉の手に握らせた。青葉に触れることで、鳳扇が淡く光りはじめ、同時に温石《おんじゃく》のように熱を発しはじめる。

「俺が飛べなくて……。右羽根が使えないせいで、巴陵様にはご迷惑をおかけします」

「こんなの、全然迷惑じゃねぇよ！」

　そういうと、巴陵が濡れた青葉の着物に手を伸ばし、通力で水分を飛ばす。一瞬にして乾いた着物を青葉の体に被《かぶ》せた。

「くだらないことを気にするくらいには、元気になったようだな。今すぐ坊に戻るぞ」

「待ってください」

「なんだ？」

「あの石祠《せきし》の前まで、連れて行ってください」

　青葉が上体を起こし、川岸の大岩の前に置かれた石祠を指さした。

「あんなもの、どうだっていいだろう？」

「俺を助けてくれた水妖に、お礼を。それに、なんだかとても気になるんです」

巴陵は、一刻も早く安全な場所に青葉を連れて行きたかった。しかし、青葉は絶対に引かない、という目をしていた。

ここでダメだ、お礼をする、しないで言い合いをするくらいなら、さっさと青葉の気の済むようにしてやって、坊に戻った方が話が早いな。

乾いた着物で青葉の体をくるむと、巴陵が立ちあがり、石祠の前まで移動する。

青葉が両手を合わせると、石祠が淡く光りはじめた。同時に、ふいに強い気を巴陵が感じた。

こりゃあ、なんだ？　こんな強い気……さっきまで感じなかったぞ!?

あの水妖に似てはいたが、強さが段違いであった。例えるならば、妖怪と神というくらいに違う。

感じる気の種類は……水だ。水の気を持つ強い何かが、巴陵のすぐ近くにあるのだ。

「巴陵様……」

腕の中で、青葉が小さな声で呼びかける。

「おまえも、何か感じているのか？」

巴陵の問いに青葉が泣き出しそうな顔をしてうなずいた。

「どうした？」

「水珠《すいしゅ》の気配です。……水珠は、この近くにあります」

「なんだって!?　そりゃあ、本当か？」

「俺が水珠の気配を間違うはずがありません。水珠は……この、祠の下にあります」

そういって、青葉が淡く光る石祠を指さした。


青葉の指示で、巴陵が石祠を横にずらした。すると、地面の中に板状の石を組み合わせてできた箱があった。

中央に、絹紐《きぬひも》でくくられた桐箱《きりばこ》が置いてある。

青葉は震える手を伸ばし、桐箱を両手で持ちあげた。もつれる指で絹紐を外し、蓋《ふた》を開けると、絹布にのった透明の宝珠が目に入った。

懐かしい、柔らかな気を感じて、青葉の目から涙が溢れた。

あぁ……あった。こんなところにあったんだ。

ようやく見つけた。御座山の宝物を。

「これが、水珠か……。俺も見るのは初めてだな。綺麗《きれい》な宝珠だ」

「はい。……今すぐ、高室様へ返しに行きましょう」

「はぁ？　何をいってるんだよ。坊に戻っておまえの治療をするのが先だ」

「ここは、御座山と大無間山のちょうど真ん中の場所なんです。大無間山に行くのも、御座山に帰るにも同じくらいかかります。それに、水珠を渡せば、きっと高室様が俺の傷を治してくれます」

「…………」

青葉の言葉に、巴陵が押し黙った。

どうしたんだろう？

いぶかしみつつ青葉が巴陵を見た。

巴陵は、泣くのを我慢するこどものような顔をしている。

「そうして……おまえは、帰っちまうつもりなんだな。俺を捨てて、高室のもとに戻る気なんだろう？　俺は、おまえの山移りを許す気はないぞ！」

いわれて、青葉はようやく思い出していた。

そうだ。俺はもう、大無間山の天狗だったんだ。それに、飛ぶこともできない。御座山に行こうとすれば、歩いていくか、誰かに頼んで連れて行ってもらうしかないんだ。

大無間山は、とてもいいところだと青葉は思う。だが、御座山は、青葉にとっては生まれ故郷なのだ。

青葉は無意識に御座山に帰ることを当然とし、その選択が巴陵を傷つけてしまった。しまったと思う間もなく、巴陵が青葉を背後から強く抱きしめる。

「どうしたら、おまえは、俺を好きになってくれるんだ？　高室より俺がいいって、俺を選んでくれるんだよ？」

ふり絞るような声がして、青葉の肩に熱い息が吹きかかる。

どうしたら、といわれても、青葉にもその方法はわからなかった。

巴陵は、いい大天狗だと思うが、高室は父に等しい存在であったから。

困り果てた青葉が、黙って手の中の水珠を見つめる。

いつも高室は何かあると、こうして水珠を見ていたっけ……。

透明の水珠は、まるで水晶のようだった。晩秋の夕日を受けて、燃えるような赤に染まっている。

そうしている間も、青葉は巴陵から癒しの気を感じていた。

自分の想い通りにならない青葉に苛立《いらだ》ちつつも、巴陵はその身を気遣っている。

そのことが、青葉の中で何かを変えた。

この方は……、こんな時でさえ、これほど俺を気遣ってくれている……！

穏やかな感動が湧《わ》きあがるが、青葉はそれを言葉にできない。

青葉が黙ったままでいると、巴陵が青葉を抱えて立ちあがった。

「このまま、一度、大無間山に帰る」

「……はい」

巴陵の言葉に、青葉はなぜかほっとしていた。

今は、それが一番よいことのように感じる。

巴陵が翼を羽ばたかせた時、御座山からこちらに飛んでくる影があった。

「……なんだ、ありゃあ。…………。由迦だ！」

巴陵の言葉につられて青葉も空を見あげた。白衣と袴《はかま》を身に着けた由迦が、矢のようにふたりに向かってくる。

「そうか。わかったぞ。……ここに水珠を隠したのは、由迦だ」

「由迦様が？　どうしてそんなことをいうのですか？」

「水珠を隠した理由は知らん。だが、御座山と大無間山の間のこの場所ならば、あの日、怪我《けが》した俺を大無間山に送り届けた後で水珠を隠せる。おそらく、その時に石祠に結界を張って水珠を封じた。多少、結界が甘くて気がもれ出たとしても、ここは水の気の強い場所で、誰も怪しむことはない。そして、あいつは結界を張るのが俺より上手い上、そういう、こずるいことをとっさに考えつく知恵がある」

「……」

「あいつが張った結界は、鳳扇が無効にした。いっただろう？　鳳扇は、この山の天狗の結界をすべて無効にすると。由迦は以前、大無間山の天狗だったから、今もそれは有効なんだ。結界は狭い範囲に張ってあったから、青葉が石祠にお礼をいうといわなきゃ、おそらく、そんなことにもならなかったろうがな」

すべての事象が、由迦が水珠を盗んだ犯人だと示している。巴陵の説明で、青葉はそれを理解した。

水珠を盗んだのは、由迦様……。そんなこと、信じられない。だけど、由迦様が犯人だとすれば、すべてのつじつまがあう。

黄昏《たそがれ》の中、由迦が川岸に降り立った。こんな時ですら、由迦は優雅で美しい。白い髪が夕日を受けて赤く染まる様は、青葉の手の中の水珠によく似ていた。

「結界を破ったのは、巴陵だったのか」

揺れる瞳《ひとみ》をまっすぐ巴陵に向けて、由迦がいった。

「鳳扇が勝手にやったんだ。ここを怪しんでどうこうしたわけじゃない」

「では、僕はとても運が悪かったということか……。巴陵が抱いているのは、まさか、青葉？　なぜ、青葉がここに？　おまけに、酷い怪我をしてるじゃないか」

由迦の気遣う言葉に、青葉の胸がほっと温かくなった。

高室が父ならば、由迦は青葉にとって母にも等しい存在だった。この世で一番大好きな天狗のひとりなのだ。

「由迦様……。由迦様、由迦様……」

「痛いんだね。かわいそうに。……大丈夫、すぐに怪我を治してあげる」

由迦が青葉の手を握った。由迦の手の温《ぬく》もりを感じると、それだけで青葉は安心し、体から力が抜けてゆく。

「由迦様……。御座山に、一緒に戻りましょう。高室様に水珠を返して、謝るんです。俺も、一緒に謝りますから」

「青葉。君は、あの方のことを全然わかっていないね。高室様は、自分を裏切った者を、決してお許しにはならないよ」

悲しげに由迦が微笑《ほほえ》んだ。

その微笑は、なぜだろう、胸が痛いほど美しいのだ。

「高室様が許さないとわかっていて、なぜ、由迦様は高室様を裏切るようなことをしたのですか……？」

問いながらも、青葉はすでに答えを知っていた。

由迦様は、高室様に、許されたくない――徹底的に拒絶されたかった――んだ。でも、なぜ？　由迦様は、高室様のことを、とても愛していたのに。

もしいつか、念者を持つならば、高室と由迦のようでありたいと、青葉は密《ひそ》かに思っていた。

いずれ御座山の大天狗となった自分の隣に、由迦のように優しく心配りのできる天狗がいたなら、きっと、穏やかな幸せを得られるだろう。そう無邪気に信じていた。

なのに、由迦の悲しい笑顔は、それだけではない、と、もの語る。

「……もういい。積もる話は後にしろ。とにかく、一度俺の坊に戻って、青葉の治療をする。由迦、おまえも来い。青葉の怪我が治ったら、おまえの話を聞いてやる」

「そうしてくれると助かる。……ありがとう、巴陵」

由迦が甘えるように巴陵の肩に頭を預けた。

こんなふうに誰かに頼る由迦を見るのは初めてで、青葉は少し驚いていた。

真円様と同じように、由迦様も、巴陵様と高室様の前では、態度が違うんだ……。

それは別に、おかしいことではない。けれど、由迦が巴陵に甘える姿を見ると、青葉の胸がどうにもざわつきはじめた。

ずるい。いや、ずるくない。由迦様は元々大無間山の天狗で……そう、由迦様にとって巴陵様は、俺にとっての高室様のような存在なんだから。

「巴陵様、早く、坊に戻りましょう」

巴陵に甘える由迦をこれ以上見たくなくて、青葉が巴陵に訴える。

「そうだな。もう、すっかり日も暮れた。急いで帰ろう」

青葉の甘えた声に、巴陵は気をよくしたようだった。

「鳳扇と水珠を、しっかり持ってるんだぞ」

そう優しくいうと、巴陵が青葉を抱えたまま宙へと飛び立った。

青葉を抱いているからか、そこまで早くは飛んでいない。しかし、そのおかげで、青葉は空の上からの景色をじっくりと堪能《たんのう》することができた。

あぁ……夕日が山に落ちてゆく。空も山も、こんなに近くて、そして綺麗だ。

風を切って飛ぶと体が冷えるが、鳳扇がほのかに輝き、青葉の体を温めてくれた。そして、桐箱の中の水珠からも、優しい、いたわりの気が送られてきた。

由迦は巴陵の斜め後ろを、遅れずについてきている。

一度だけ、由迦は後ろをふり返り、御座山を見た。その顔が泣いているように青葉には見えたが、由迦の目に涙はない。

青葉は、坊に着くまでの間、巴陵との空中飛行を楽しんだ。

まるで、自分で自由に飛んでいる時のように、安心して景色を眺められる。

きっと、こんなふうに景色を眺められるのは、巴陵様が俺を運んでいてくれるからだ。

自分にとって巴陵は、とても安心できる相手なのだと、青葉が実感する。

そうか。俺は……結構、巴陵様のことが、好き……なのかもしれない。

さきほど由迦がしていたように、青葉も巴陵の胸に頭を預ける。巴陵の匂《にお》いと温もりに包まれて、ずっとこのままでいたいと思う。

しかし、青葉の想いに反して、巴陵は一直線に坊に向かい、ひらりと坊の玄関に降り立った。

右手の庭では、烏天狗たちが集まって、なにやら賑《にぎ》やかに騒いでいた。

「みんな、何をしてるんでしょうか？」

「あぁ、翔伯と烏天狗――若葉と松枝――が相撲をとってるんだろう。まあ、あと三日は騒がしいだろうが、気にするな」

ことともなげに巴陵がいうが、青葉は自分を滝に置き去りにした若葉と松枝の名を聞いて、「どうして？」と尋ねた。

「おまえを滝に置き去りにした罰として、翔伯の爺さんが満足するまで相撲の相手をさせてるんだ」

「三日も、ですか？」

「三日三晩だな。天狗の体力をいいことに、翔伯の爺さんはそれくらいの間なら一睡もせずに相撲をとるから」

「はぁ……。大変ですね……」

三日三晩の相撲を想像して、青葉が感想をいった。その時であった。

「参りました！　もう、悪さはいたしません！　十分反省いたしました！」

「相撲は罰ではない！　娯楽じゃ！　天狗の嗜《たしな》みよ！」

松枝の悲鳴を、翔伯が一喝する。そして、どっと笑い声が続いた。

「ここは、相変わらず賑やかだねぇ」

巴陵に続いて地表に降り立った由迦が、苦笑している。

青葉は由迦の笑顔を見て、大無間山の罰の与え方が、明るくていいと感じた。

御座山だったら……追放とか……結界に閉じ込めて反省させるとか……そういう結果だろう。

青葉は、若葉と松枝の恋情を知ってしまったがゆえに、あの二羽を憎めずにいる。憎んでもいない二羽がそういう罰を受けたら、青葉も胸が痛む。

だが、笑顔でみなに囃《はや》されながら、相撲をとるというのは、松枝たちは辛《つら》いといえば辛いであろうが、周囲も含めて楽だと思う。

そして、そういう罰を選んだのはおそらく巴陵で、それを容認する雰囲気が大無間山にはある。

「あぁ、青葉、無事だったのですね！」

玄関からひょいと月波が顔を出し、そして由迦を見て「おや」とつぶやいた。

「由迦も一緒とは……どういうことですか？　それに、何か強い気も感じますが」

「話は後だ。まずは青葉の治癒を先にする。相当、まずい状態だ」

「そのようですね」

月波はこういう時には話が早い。こっくりとうなずくと、「まずはお風呂《ふろ》に入って、それから食事にしましょう」といった。

由迦が「これは、僕が預かるよ」といって、水珠の入った桐箱を手にした。

巴陵が無言でうなずき返す。

青葉は巴陵に抱かれたまま浴室に移動し、月波が青葉を褌をしたまま浴槽に入れた。遅れて、全裸になった巴陵が浴室に入り、入れ替わりに月波が浴室を出て行く。

「何もしねぇから」

そういうと、巴陵が青葉を背中から抱えるように抱いた。巴陵はざばざばと青葉の頭に温泉の湯を被せ、同時に、腹部に回した手から気を送る。

「具合はどうだ？」

「かなり、よくなってきました……。やっぱり、温泉はいいですね」

温泉の気を浴びて、青葉の手足についた打撲の痕《あと》が、みるみるうちに消えていく。

体が癒《い》えてゆくと、途端に右羽根のつけ根が鋭く痛んだ。

「あ、痛っ！」

「その呪は、本当に厄介だな。早く高室に呪を解いてもらわねぇとなぁ……」

なぜか悲しげに巴陵がつぶやいた。

巴陵が青葉を抱きあげ浴槽を出ると、大きくて柔らかな布——バスタオルだ——で青葉の体をくるみ、巴陵は腰にバスタオルを巻いただけの姿で自分の寝間へ移動した。

外からは、まだ相撲をとっているのか、賑やかな声がしている。

寝間に行くと、月波が由迦とともに待っていて青葉の着替えを手伝ってくれた。真新しい猿股《さるまた》の形をした下着と綿の浴衣《ゆかた》を身に着け、その上から男性用のちゃんちゃんこ――青葉は着るのは初めてだ――を着せられた。

寝間には、青葉の布団が延べられていた。布団に脚を入れると、烏天狗――若葉だ――が、箱膳《はこぜん》を持って寝間に入ってきた。

「青葉様、ご無事で、何よりです」

布団の脇《わき》に箱膳を置くやいなや、若葉がその場に土下座をする。

「顔をあげて、若葉。俺は……もう、怒ってないから」

いや、最初から青葉は怒っていなかった。

大好きな巴陵のそばから急に遠ざけられて、若葉は、寂しくて悲しかったのだ。その悲しみを、青葉は――突然、高室から遠ざけられたことがあったから――理解できた。

「青葉様！　ありがとうございます!!」

嬉《うれ》しそうに顔をあげる若葉に、巴陵が「俺はまだ許してない」と、つぶやいた。

すると、月波が飛びあがり、巴陵の頭をぺちんと叩《たた》く。

「若葉と松枝から、どうしてこんなことをしたのか事情を聴きましたよ。巴陵、あなたは若葉にこれまで羽繕いをしてくれたお礼もいわずに、お払い箱にしたそうじゃないですか！　あまりにも無神経すぎます。そんなことでは、大天狗失格ですよ」

「なんだよ、全部の原因は、俺だっていうのかよ！」

そういいながらも、巴陵は畳に座る若葉の前に膝をつき、頭にそっと手を置いた。

「……今まで、ありがとうな。すごく助かった」

「いえ、そんな！　私は……巴陵様の羽繕い役を務めたことが、大変誇らしく……」

そういうと、ポロポロと若葉が涙をこぼしはじめた。

「お慕いしておりました。巴陵様。身分違いとわかってはおりましたが、それでも……巴陵様のおそばにいられるだけで、私は、幸せだったのです」

「うん。気づかなくて、すまなかった。おまえは、本当に、心を込めて俺の羽繕いをしてくれてたっていうのになぁ……」

若葉の想いは叶《かな》わなかったけれど、報われなかったわけではない。

そんなふうに思えるくらい、巴陵の声が優しい。

巴陵も、若葉を特別に思っていた。それは恋でも念者にしたいという思いでもないけれど、でも、確かに若葉は巴陵にとって〝特別な鳥天狗〟であったのだ。

青葉はそんな巴陵と若葉を見ていられずに、そっと目を背けた。視線の先には由迦がいて、由迦は泣きそうな顔をして若葉を見ていた。

「よかったね。あの子の気持ちは、ちゃんと報われたんだ」

青葉の視線を受けて、由迦が話しかけてきた。

「そうですね」

うなずきながらも、青葉は釈然としないものを感じていた。

この言い方だと、まるで、由迦様の想いは報われたことがないみたいだ。

「さあさあ、食事にしましょう。今日は温泉で炊いたお粥《かゆ》ですよ。若葉が心を込めて作ったお粥ですからね、きっと、とても美味《おい》しいに違いありません」

ぱんぱんと小気味よい音をさせて月波が手を叩く。続いて、昨晩給仕をしていた小さな烏天狗らが箱膳や粥の入った鍋《なべ》を持って寝間に入ってきた。

箱膳は巴陵と由迦の分もあり、三人が食卓を囲む。

粥は、びっくりするほど美味しくて、青葉の胃の腑《ふ》にするすると納まる。

温泉粥には、細かく切ったしば漬けが、とてもよくあった。もちろん、梅干しや海苔《のり》の佃煮《つくだに》で食べても絶品だった。

ほかにも、出汁《だし》巻き玉子や胡麻《ごま》豆腐、小松菜の煮浸しに銀鱈《ぎんだら》の粕漬《かすづけ》など、どれも美味しくて青葉は順調に小鉢や皿を空にしてゆく。

「大無間山は、本当に、食事が美味しいですよねぇ……」

「御座山では、ロクな飯を食ってなかったみたいだな」

ほっこり笑顔の青葉に巴陵が軽口をたたき、そして由迦が口を開いた。

「高室様が食に興味がなかったからね。与えられた食事をありがたく残さず食べること、には、厳しかったけど」

由迦の声には、わずかに批判めいた響きがあった。青葉と巴陵が顔を見合わせる。

「それが、おまえが水珠を盗んだ理由のひとつか？」

「まさか。……………………いや、そうかもしれない」

巴陵が頃合いと見たか、烏天狗を呼んで食器を片づけさせ、お茶と茶菓子を三人分運ばせた。

お茶請けは、漆塗りの小盆に上品にのった紅葉《もみじ》の形の麩饅頭《ふまんじゅう》と栗蒸し羊羹《ようかん》、そしてさつま芋の茶巾絞りだ。

赤と黒と黄色の華やかさに目を奪われていた青葉の耳に由迦の声が聞こえた。

「……すべてを話す前に、ひとつ、約束してほしい」

「おまえ、この状態で取引をもちかけるだなんて……。いい度胸してるじゃねぇか」

「僕は小心者だからね。取引材料がある間は、それを最大限に利用させてもらう」

「しょうがねぇなぁ。その約束とやらをいってみろ」

「僕は……もう、御座山には戻らない。だから、大無間山の片隅でいいから、僕を置いてくれないだろうか？」

由迦の答えに、青葉が目を丸くし、巴陵が目を細めた。

「御座山に戻らないって、由迦様、いったいどういうおつもりなのですか⁉」

「ここにいるのはかまわないが……。それは、高室に謝罪する気がねぇってことか？」

「謝罪するつもりは……ある。けれど、僕はもう、嘘《うそ》をつくのが嫌になったんだ」

　由迦が右手の甲に左手を重ねた。

「……さて、何から話せばいいんだろうか。……そういえば、青葉。月波に聞いたけど、巴陵の念紋が出たんだって？　先に真円殿に頼んで巴陵が青葉を引き取った経緯を聞いた時も驚いたけど、これにはもっと驚いたよ」

「俺の念紋は出たけど、俺に青葉の念紋は出てない」

　こどものようなふくれっ面で巴陵がいうと、由迦が儚《はかな》げに笑った。

「それは、辛いね。……その気持ち、僕にはよくわかるよ」

「よくわかるって……。でも、由迦様には、高室様の念紋があったじゃないですか！」

「うん。あれね、偽物だったんだ」

　さらりと由迦が真実を口にした。そうして、右手をあげ、手の甲を青葉と巴陵に見せた。

　由迦の白い肌には、しみひとつない。

　しかし、青葉はこれまでずっと、由迦の右手の甲に水珠を意匠とした念紋があるのを目にしていたのだ。

　口を開けて呆《ほう》けた青葉の耳に、重々しく巴陵の声が響く。

「それが、おまえの嘘か」

「……そう。僕は、高室様と幾度も——数えきれないくらい、肌を重ねてきたけれど——一度だって、念紋が出たことはない。僕の念紋は、初めてしたその時に、高室様の左手に浮かんだっていうのにね」

自嘲《じちょう》するようでいて、深い悲しみを帯びた由迦の声だった。

深く、長く息を吐き、由迦が言葉を続ける。

「結局、高室様は、水珠だけを愛していたんだ。その想いは、一度たりともぶれることなく続いていた。僕は、高室様をひとりじめしたかったから、最初に肌を重ねた時に、高室様の念紋が出たと嘘をついた。これでふたりは念者になったのだと、念者について無知な高室様を、ずっと騙《だま》してきたんだよ」

「そうまでして、おまえは高室の念者になりたかったんだろう？　だったら、どうして、水珠を盗んで隠したりした」

「高室様が……青葉を、念弟にしたいと言い出したのが、きっかけだ……」

由迦の告白に、再び青葉が目を丸くし、巴陵が息を呑《の》んだ。

「青葉は、水珠との関《かか》わりが深い子だからね。そろそろ一人前になる頃だし、いい機会だから、羽団扇を与えたら青葉を抱いて念者にしたいと、高室様が僕にいった。……僕はね、二番でも、いいと思ってたんだ。高室様のそばにいられるなら、一番でなくてもいいって。ずっと偽物の念紋が浮かぶよう、自分に変化《へんげ》の術をかけるたび、自分に言い聞かせていた。

だけど、その言葉でわかってしまったんだ。僕は三番目……いや、そもそも高室様からは、かけらほどの愛情も与えられていなかったんだ、とね」

由迦が激情に耐えるように、膝の上で拳《こぶし》を握った。

そんな……高室様が、由迦様を愛していなかっただなんて。

信じられない。……いや、信じたくない。

「由迦様の誤解ではないでしょうか？　だって、俺が見ていたおふたりは、とても仲睦《なかむつ》まじくて……」

「僕が大天狗たるもの、念者とは仲睦まじくあるべきだと、高室様にいったからだよ。そうしないと、山が乱れると。あの方は、不要な混乱を嫌うからね。効果はてきめんだった。それで、僕は……あの日……水珠を盗む瞬間まで、黙って身を引こうと思っていたんだ。だから、巴陵に相談があると手紙を書いた。あの時は、巴陵に大無間山に戻りたいというつもりだったんだ」

「じゃあ、あの手紙は、本物だったのか！」

「嘘をついて、ごめん。……それで、高室様にお別れの手紙を書いて……その手紙を文机《ふづくえ》に置きに行った時、水珠に結界を張らずに、高室様が外出したことに、気づいてしまったんだ。その時の僕は……何を考えていたんだろうねぇ。水珠が憎かった。高室様を困らせたかった。とにかく、そういう感情でいっぱいだった。そうして水珠を盗んで、巴陵との待ち合わせ場所に行ったら、傷だらけで倒れている巴陵を見つけたんだ」

「俺を襲ったのは、おまえじゃないのか？」

「僕じゃない。僕は嘘つきの卑怯者《ひきょうもの》だけど、これは、本当だよ」

きっぱりと由迦が言い切った。

「最初は、巴陵を御座山で手当てしようかと思ったんだけど、その時、高室様が御座山に戻る気配がして、大無間山に巴陵を運ぶことにしたんだ。巴陵を運ぶ途中で巴陵が気絶したから、いったん水珠をあの祠に隠して、帰り道で改めて結界を張ったんだ」

「そのまま、水珠を御座山に持ち帰ればよかったんだよ。そうすりゃあ、青葉は高室の呪を受けずに済んだんだ」

「……呪？　高室様の？　どういうことだい？」

困惑した表情で由迦が問う。

「後で話す。おまえがどうして水珠を盗んだのかはわかった。どうやってあそこに隠したのかもだ。だが、なんだって、俺が水珠を盗んだってことにしたんだ？　おかげで俺は、とんだ濡《ぬ》れ衣《ぎぬ》を着せられたんだぞ」

「……巴陵が水珠を盗んだと嘘をついたんじゃない。僕が御座山に戻った時には、もうすでに、〝そういうこと〟になっていた。僕は、それを否定しなかっただけだ」

由迦が湯呑に手を伸ばし、冷めかけたお茶を飲んだ。

半年前のことを思い出しているのか、遠い目をして口を開く。

「これは、僕の聞いた話だけど……。高室様は、お戻りになって、すぐに水珠がなくなったことに気づいた。水珠のいどころを尋ねるための呼び出しに応じなかったのは、青葉と僕のふたりだけ。どちらかが持ち出したのではないかと高室様はお疑いになったんだ。そして、青葉はじきに山火事を消しに行った烏天狗たちに宿堂に運ばれた。水珠を持っていないし、まず、青葉の疑いが消えた。残る僕に関しては、烏天狗の一羽が、水珠を盗んだ天狗を追っていったと高室様に説明していたんだ。山火事の原因は、鳳扇だったし、巴陵がいたのは間違いない。となれば、水珠を盗んだのは、巴陵ということになる。僕が御座山に戻った時には、もう、そういう筋書きができていた。御座山に戻った僕は、高室様の呼び出しを受けた。庫裏《くり》に向かう僕に、阿嘉がこういった〝余計なことは、一切いうな。すべて、おまえにいいようにしているから〟ってね」

「阿嘉様が烏天狗に嘘をつくように命令したのですね？」

「そういうことになるね」

由迦がうなずくと、巴陵が「それから？」と、続きをうながす。

「高室様に会うまで、僕は、水珠を持ち出したことを話すか迷っていた。けれど、高室様は、とても怒っていてね。正直に本当のことを話したら、ただでは済まないだろうと思ったよ。いつでも、本当のことはいえるからと、黙っていることを決めた。……そうして、青葉が目覚めて……そして、本来、僕に向けられるべき怒りがすべて、青葉に向けられた。青葉の受けた仕打ちはあんまりだと思ったけれど、僕は、同時にこう考えてしまったんだ。『あぁ、これで、高室様は青葉を念弟にしないだろう。僕は、おまけに、目障りな水珠もなくなって、なんて僕に好都合な状況なんだ』って。酷い話だろう?」

由迦の顔が歪《ゆが》んでいた。今にも泣きそうな表情をしている。

そんな由迦の顔を見てしまうと、青葉はもう何もいえなくなってしまう。

「だから、おまえは、自分が水珠を盗んだ犯人だと、高室にいわなかったのか」

「そう。……僕は、これで、今度こそ高室様が僕だけを見てくれる。僕を一番愛してくれる。そう思ったんだ。でも、結果は違ったよ。水珠がなくなって、高室様は……すべての天狗や烏天狗に対して、心を閉ざしてしまった。その中には、僕も、入っていた」

「自業自得だ」

端的に巴陵が感想を述べると、由迦が突然殴られでもしたような顔をした。

うつむき、そして深く大きく息を吐くと、泣き笑いの表情になる。

「その通りだよ。……でも、そういってもらえると……辛いけど、少しだけ気が楽になった。青葉も、今日は酷い目に遭ったようだけど、大無間山では巴陵やみんなに大事にしてもらえてるようで、本当によかった」

由迦は、かつて御座山で青葉の面倒を見てくれた時と同じ、優しく慈しみに溢れた笑顔を浮かべた。

由迦様は、俺が、巴陵様に大事にされてるってことを、本当に嬉しいって思ってくれてるんだ……！

「由迦様！」

青葉がよろめきながら立ちあがり、由迦に抱きついた。

「青葉……。僕は、水珠を盗み、君を酷い目に遭わせた張本人だ。なのに、どうして抱きついてくるんだい？」

「だって！　だって、だって……。由迦様が水珠を盗んだ犯人だったのにはびっくりしましたが、由迦様が俺のことを、前と同じように好いてくれてるのが、嬉しいんです」

「青葉……。うん、僕は君のことをかわいいと思ってるよ。でも、一時期は、とても君を憎んでいたんだ」

半泣きになった青葉の背に由迦が腕を回した。そうして、母がわが子にするように、優しく背中を撫でる。

「今も、そうですか？　俺が憎いですか？」

「いいや。結局、僕は……水面《みなも》に映った月を自分のものにしようとしていたんだ。君を憎むのは筋違いだと、今はわかってるよ」

「よかった！　それなら、いいです」

青葉がにっこり笑うと、由迦がとまどった顔で口を開いた。

「君は、僕を許してくれるのかい？」

「許すとか許さないじゃないです。俺は……前みたいに由迦様となかよくできたら、それだけでいいです」

青葉が胸いっぱいに空気を吸うと、懐かしい由迦の匂いがした。

由迦はいつもいい匂いがして、青葉はその匂いを嗅《か》ぐのが大好きだったのだ。

あぁ、すごく安心する。ほっとする。

俺は、やっぱり、由迦様が大好きだ。

「由迦様とゆっくりお話しするのも、半年ぶりなんですよ。俺は、俺は……ずっと寂しかったんです」

「もう、寂しい思いはさせないから。僕は、これからは、君のために生きるよ」

「ちょっと待て。なんだその言葉は。おまけにさっきから抱き合って！　まるで、おまえらが相思相愛の念者同士みたいじゃないか！」

それまで、黙ってふたりのやりとりを見ていた巴陵が、ここで割って入った。

青葉の脇に手を回し、由迦から強引に引きはがす。

「せっかくの感動の場面がぶち壊しじゃないか。まったく、君は大人げないなぁ」

「うるせぇよ。そんなことより、追加で質問だ。あの日、御座山で俺を襲ったのはおまえじゃないってことだったが、ほかに心当たりはないか？」

　しっかと青葉を抱えながら、巴陵が由迦にわめき返す。

「ないというか……あるというか……。御座山の者たちは、大無間山のことを、いい加減だって、嫌ってるからねぇ。でも、それが襲う原因になるかといわれれば……わからないよ。ただ、巴陵が個人的に御座山の天狗に恨まれていて、その天狗が変化の術を使って姿を変えて巴陵を襲った……っていうのはありそうだけど……。あぁ、ごめん。今のはなしだ。その可能性はなかった」

「どうして、そう言い切れるんだ？」

「高室様が御座山に戻られた時、すべての天狗と烏天狗を集めたといっただろう？　その時、その場にいなかったのは、僕と青葉のふたりだけだったんだ」

　由迦の答えに、巴陵が眉《まゆ》を寄せた。

「御座山以外の奴らの仕業ってことか……」

「そう考えるしかない。もしかしたら、知り合いの他山の天狗を潜ませておいて、巴陵が御座山に来たところ——いや、大無間山を出たところ——を、狙《ねら》って襲わせたのかもしれないけど……そこまで疑いはじめたら、きりがないよ。単純に、巴陵を消したい誰かがいて、そいつが巴陵を襲った。そういうことだと思うよ」

「全然、答えになってないな。ちっとも犯人が絞りこめない」

「本人にも心当たりがないっていうのに、他山にいた僕に犯人がわかるわけないよ。今度は僕から質問させてほしい。さっきの高室様の呪って、どういうことなんだ?」

由迦が真剣なまなざしで巴陵と、借りてきた猫のように抱かれたままの青葉を見た。

そして、巴陵が青葉の右羽根のつけ根に潜んだ高室の呪について説明をする。

話を聞き終えると、由迦が丸く目を見開いて青葉を見た。

「高室様が、そんなことを!? 僕は……てっきり片羽根が使えないから、青葉の傷の治りが遅いのだと思っていた……」

「青葉の通力が、半分以下になったとしても、さすがに半年も羽根が治らないのは、おかしいだろうが」

巴陵が青葉の体を改めて抱きかかえる。由迦が口元を手で覆い、顔を歪めた。

「僕は……なんてことをしてしまったんだ……」

「由迦様のせいではないです。それに、高室様もわざとやったわけじゃないですし……、水珠さえ返せば、きっと高室様はこの呪を解いてくれます」

自分を責める由迦に、青葉が励ましの言葉をかける。

「とりあえず、明日、俺がひとりで水珠を御座山に返しに行く。おまえの山移りの件も、高室に話しておかないといけないし。こういう話は早いにこしたことはない」

湿っぽくなった空気をふり払うように巴陵が明るい声でいった。

「それでだな、由迦、おまえ、今日はここで青葉と一緒に寝ろ。久しぶりに積もる話もあるだろうからな。俺は、青葉の部屋で寝ることにする」

「え……？」

由迦様といられるのは嬉しいけど、巴陵様がいないのは寂しい。そう思った青葉が不満げな声を出す。

「俺は……巴陵様とも、一緒にいたいです」

青葉が巴陵の着物を引っ張り訴える。

「せっかく俺が気を利かせたんだ。素直にいうことを聞けよ」

「巴陵、青葉とはこれからいくらでも一緒にいられるし、今日は君が青葉と一緒の部屋で休むといいよ。僕は、月波の坊に泊めてもらうから」

そういうと、由迦が立ちあがった。青葉と巴陵の前にくると、いまだに巴陵に抱かれたままの青葉の髪を、するりと撫でた。

「おやすみ、青葉。巴陵に優しくしてもらうんだよ。巴陵、青葉をよろしく頼むね。この子は……僕の、こどもみたいなものなんだから」

聖母のような微笑みを浮かべて、由迦が寝間を出て行った。

襖《ふすま》の閉まる音がして、由迦の「月波。今晩は、君の坊に泊めてもらうよ」と明るく告げる声がして、すぐに気配が遠ざかる。

巴陵は腕の中の青葉をどうしたものかという顔で見ていた。そして、青葉の足に手で触れた。

「足が冷たくなってるな。今すぐ布団に入れ」

そういうと、青葉の体から手を放して立ちあがった。パンパンと手を叩き、烏天狗を呼ぶと、箱膳を片づけさせ、青葉の布団からかなり離れた場所に布団を敷かせた。

ふっと部屋の明かりが消えて、寝間が真っ暗になった。

「俺はもう少し起きている。中の間に行くが、おまえはちゃんと寝るんだぞ」

「俺は、巴陵様と一緒にいたいです。さっきもそういったはずです」

青葉が右手の甲に左手の指先で触れた。そこには、巴陵の念紋がいまだくっきりと刻まれている。

巴陵様は、まだ俺のことが好きだ。これに触れるだけで、伝わってくる。だけど……だけど、昼とは、違う感情も伝わってくる。

寂しくて、切ないような……。いったい、どうして？

「一緒にいるのはかまわないが……」

「じゃあ布団をもっとくっつけてください。俺は、巴陵様に近くにいてほしいです」

「さっき由迦に抱きついた時も思ったが、おまえは本当に甘えん坊だなぁ。よほど由迦と高室に甘やかされて育ったんだな」

「ほかの天狗がどう育ったかを知りませんから、甘やかされていたかどうかはわかりません。ただ、おふたりには、とても大事にしていただきました」

「……ふうん」

巴陵が通力で布団を動かし、青葉の要望通り、ふたつの布団をくっつけた。

羽織を脱ぎ、浴衣姿になると巴陵が布団に横たわった。

「明日なんだが……。御座山に、おまえも行くか？」

「いいんですか⁉」

「高室とうまく話がついて、その呪を解いてもらえることになったら、その場にいればすぐに黒いのを抜いてもらえるだろう？　その右羽根は、少しでも早く治した方がいい。呪ってのは、怖いんだ。解くのが遅いと、手遅れになる場合がある」

「手遅れっていうのは……？」

「呪を解いたのに、右羽根が治らなくなる。最悪、いずれ根元から腐り落ちる」

暗闇《くらやみ》に、巴陵の金の瞳が浮かびあがる。天狗の魔性がそのまま表れたかのような、妖《あや》しい光を帯びていた。

巴陵の言葉の重さと、それ以上に濃い魔性の気配に青葉は身を固くする。

「……まさか」

「こんな嘘をついてどうする。いずれにせよ、解呪は少しでも早い方がいい。それで……

おまえはどうする、青葉？」

「どうって……？」

「水珠を御座山に返しに行って、俺が高室に真実を話す。そうすると、高室の怒りは解けて、羽根も治してもらえるだろう？　となれば、元々、高室はおまえを念者にするつもりだったんだし、帰ってこいって話になる。……おまえが御座山に戻りたいなら、そうしていいんだ」

そういうと、巴陵がまぶたを閉ざした。

金の光が消えてなくなり、青葉はふいに、暗闇にひとり、取り残されたような気分になった。

「巴陵様は、俺が御座山に戻ってしまってもいいんですか？」

「それがおまえの望みなら、しょうがねぇ。俺は、おまえから手を引く。念紋も……まあ、今すぐってわけにはいかないが、なるべく早く消えるように努力する」

念紋が消える、ということは、巴陵様が、俺を好きじゃなくなるということだ。

巴陵様の気配を、今のようには、二度と感じられなくなるということだ。

嫌だ。

そんなの、絶対に嫌だ。

「元々おまえは、高室が大好きだったんだしなぁ……。大好きな高室に抱かれれば、きっと、おまえの念紋も一発で高室に出るだろうさ」

目を閉じたまま巴陵がいった。その声は穏やかであったが、念紋からは狂おしいほどに強い感情が伝わってくる。

青葉が身を起こし、明かりの消えた寝間に衣擦《きぬず》れの音が響く。

念紋の浮いた手の甲で胸元に触れると、巴陵の想いに青葉の心が染まってゆくような気がした。

右手で大きく浴衣の襟をはだけると、青葉は掛布団の上から巴陵に覆い被さった。

「確かに俺は、高室様が大好きですが……それは、由迦様を大好きなのと同じような好きで……。念者になりたいのとは、違う好きだと思います」

掛布団からのぞく巴陵の髪に、青葉が唇で触れた。

「青葉？」

「巴陵様が水珠を盗んだと誤解していて、すみませんでした。初めて会った時に、巴陵様は俺に鳳扇を貸してくれて……。そんな人が、盗みなどするはずないのに。それがわからなかった俺を、許してください」

「……。おまえは、何をいいたいんだ？」

「俺は、大無間山の天狗でいたい。巴陵様のそばにいたいです」

青葉が布団の上から巴陵を撫でる。

巴陵が青葉の手首をつかみ、身を起こした。

「それが、どういう意味か、わかってるんだろうな？」

金の光が再び闇に浮かぶ。その瞳を見ると――。巴陵に見られると――、それだけで、胸が切なく締めつけられる。

わかっている。自分がどうしてほしいのかなんて。

巴陵が無実とわかった途端、青葉の心はどうしようもなく巴陵に向かっていた。となれば、もう、答えはひとつしかないのだ。

「さっき、大無間山に帰る時、巴陵様が俺を抱いて飛んでくれましたよね」

「お、おう」

ふいに話題が変わって、巴陵がとまどい顔でうなずいた。

「その時の感じが、まるで、自分で空を飛んでいる時のようだったんです。すごく自然で心地よくて……。これは、きっと、巴陵様が俺の念者になる人だからだと思うんです」

婉曲《えんきょく》な抱いてほしいという懇願に、巴陵はしばし沈黙し、ややあって「あぁ！」と、大声を出した。

「なんだよ。回りくどい言い方しやがって。要は、俺の念弟になる気になったってことなんだな？」

闇に光る金色の瞳が、まんまるのお月様のように明るく輝く。

風情がないと思いつつも、青葉は微笑しながらうなずいた。

「そうです。……どうか俺を、巴陵様の念弟にしてください」

青葉がそういって巴陵の胸に体を預けた。

巴陵が青葉を両腕で抱きしめる。それでも足りないとばかりに、両羽根を広げ、そして青葉の体を包んだのだった。


巴陵との二度目の交情は、青葉にとって胸躍るものとなった。

青葉は、すでに自分が巴陵の愛撫《あいぶ》に——そして挿入にさえ——感じることを、知っている。

言葉は不要といわんばかりに、巴陵が青葉の服を脱がせ、自らも全裸となった。

巴陵の口づけは、優しく、甘く、青葉を高みへと誘う。

すぐに青葉の体が火照《ほて》り、敏感になった肌を巴陵が手指で愛撫した。

巴陵の愛撫に青葉は感じ、心のままに声をもらした。

「あ……っ。んん……」

あおむけに横たわり、あられもなく声をあげ、腰をくねらせる青葉の痴態に、巴陵の方もまんざらではないようだった。

「いいねぇ……。早くおまえに挿《い》れたくて堪《たま》らねぇよ」

そういうと、巴陵が通力で潤滑油の入った貝殻を手元に引き寄せた。

貝殻から、胡麻油の独特の匂いが漂うと、反射的に挿入を意識して、青葉の体の芯がジンと疼《うず》く。

馴《な》らしやすいようにと、自然な仕草で股を開く青葉を、巴陵が金色の瞳で満足げに見おろし、菊門に指を挿れた。

軟膏《なんこう》を塗った指が入っても痛みはない。それどころか、中をかき回されて粘膜が熱くなった。

「ふわ……っ、あっ……っ」

巴陵は左手で竿《さお》を撫で、時には口で愛撫し、右手で青葉の秘所をほぐしてゆく。

肉筒をほぐされると、青葉の胸が甘酸っぱくなった。陰茎や袋を刺激されると、昂《たかぶ》らずにはいられない。

「あぁ……。あ、あぁ……」

青葉が巴陵の愛撫を全身で受け入れた。

そうして、青葉の菊座の準備ができた。

「挿れるぞ」

巴陵が青葉にのしかかり、絹の髪を撫でる。そうして、焦《じ》らすことなく、襞《ひだ》に切っ先を添えた。

待ちに待った瞬間に、青葉の喉《のど》が鳴る。そうして、熱い先端が、ゆるゆるとほぐれた肉筒の中へと入ってきた。

楔《くさび》は熱く火照った肉を擦《こす》り、かき分けながら、奥へ奥へと進んでくる。

蕩《とろ》けた後孔が楔で満たされると、青葉の胸がいっぱいになった。

念紋から、巴陵の想いが伝わってくる。

好き、愛しているはもちろんのこと、ようやく青葉の念紋をその身に受ける期待に、巴陵はまるでこどものように興奮している。

そんな巴陵が愛しいと、青葉は思う。

好きで、好きで、大好きで。この想いを表す言葉がほかに見つからない。

言葉を超えて溢れる思いを両腕に込めて、しっかと巴陵に抱きついた。

「好きです。……巴陵様が、好き」

「俺も、青葉が好きだ。もう、かわいくて堪んねぇよ」

おひさまのような笑顔で巴陵が笑う。

青葉が、初めて見た時から、魅《ひ》かれてやまない笑顔で。

胸のときめきが、好きという思いと混ざり、青葉の中でくっきりと形をなす。

その塊は、胸を焦がしながら、じょじょに全身へと広がってゆく。

巴陵はその間に抜き差しをはじめていた。初めは浅く、そして深く。擦られると肉筒が快感を生じ、青葉が胸を突き出しながらのけぞった。

「巴陵様……。いい、すごく、いい。もっと、もっと……」

快楽に瞳をにじませながら、青葉が濡れた声で訴える。

艶《つや》めいた仕草に巴陵が目を細め、そして肉食獣の瞳で青葉を見おろした。

「そんなことといわれると……どうなるかわからないぞ？」

「もっと、滅茶苦茶《めちゃくちゃ》にしてください。もっともっと、気持ちよくなりたいんです」

快感には貪欲《どんよく》な天狗の性そのままに、青葉があられもなく訴える。

巴陵は青葉の痴態に煽《あお》られたか、竿で乱暴に穴をかき回した。

先端が、茎が、性感帯を責め、青葉を昂らせる。

「あぁ……。いい、いい。もっと……っ」

与えられたご馳走《ちそう》を味わいつつも、青葉が太腿《ふともも》をあげ、巴陵の腰に脚を絡ませた。

肌が密着するだけで、体の芯から快感が生じて、血と快感が股間《こかん》に集まってゆく。

すでに一度精を放ったソレは、そそり立ち、脈打ち、そして張りつめていた。

巴陵の陰茎もまた、同じように太く硬く、なにより熱くなっている。

「あぁ……もう、我慢できねぇ。……覚悟しろよ」

そういうと、巴陵が腰を引き、そして激しい抜き差しをはじめた。

青葉の体を揺さぶりながら、巴陵は、奥を責めてくる。立て続けに粘膜が擦られ、深くまで侵され、青葉の股間が限界まで張りつめていた。

「イ……イクっ……んっ！」

白濁が管を駆けあがり、精を吐き出す。

それとともに体の内の熱い塊が、後孔に向かって動き出していた。ゆるゆると動く熱の塊は、肉筒を火照らせ、蕩けさせ、わずかに右の羽根のつけ根が疼いて——ふいに青葉の中から消えてしまった。

それはまるで、打ち上げ花火の、火のついた導火線に水をかけたかのように。

今のは、何……？

青葉の本能が、おかしいと囁《ささや》いた。不完全燃焼で、何かが終わった気配がする。

そして、とまどう青葉の最奥で、熱い飛沫《ひまつ》が放たれる。

「んっ……っ！」

巴陵の精を注がれて、青葉の胸が甘やかに染まり、わずかな違和感は消えた。

青葉が両腕を伸ばして、巴陵のたくましい体をしっかりと抱いた。

「すごく……よかったです……」

「俺も、すごい気持ちよかった」

巴陵が目を細めて笑い、青葉の唇に触れるだけの口づけをする。

それから、巴陵がいそいそと自分の左手を見る。

「……」

巴陵の気配が、一瞬で変わった。

見るまでもなく、右手の念紋から、青葉はそれを悟る。

「……巴陵様？」

青葉の呼びかけに、巴陵が眉を寄せ、改めて青葉の体を抱く。

「なんでもねぇよ。たいしたことじゃない」

平静を装った声に、青葉は巴陵の左手を握った。

「あ、こら！」

巴陵が慌てて手を引くが、青葉の瞳は、巴陵の左手の甲をしっかりと捕えていた。

そこには、何も変化がなかった。

青葉の念紋は、浮かんでいなかったのだ。

「どうして……！」

青葉の目が驚愕《きょうがく》に見開かれる。

どうして、どうして、俺の念紋は浮かばないんだ!?　俺はこんなにも、巴陵様を愛しているというのに。

青葉の表情から、巴陵は左手の甲を見られたと悟ったか、「気にするな」と、優しい声で語りかけた。

「でも……。俺は、ちゃんと巴陵様のことが好きなんです」

「わかってるよ。大無間山の天狗になりたいんだし、俺のこと、好きっていって、いっぱい感じてたもんな。初めての時とは、全然反応が違ったし」

巴陵が涙目で訴える青葉の体を幼子のように抱え、なだめるように背中を撫でる。

「これから、もっともっと俺のことを好きになってくれればいいさ。いや……」

巴陵がそういって口を閉ざした。

青葉から同じように愛されなくても……俺は、青葉を愛し続ける。愛するというのは、そういうことだ。

そんな悲しみに染まった感情が、念紋から伝わってくる。

「違う。違います！　俺は、巴陵様のこと、同じように好きなんです」

「青葉の気持ちは、わかってるさ」

青葉が必死になって自分の愛情を訴えれば訴えるほど、皮肉なことに、巴陵の胸に悲しみが満ちてゆく。

「………本当に、好きなんです」

そうつぶやくと、青葉はそれ以上、何もいえなくなってしまった。

気がつけば、後孔に入ったままの巴陵の陰茎が、力なくしぼんでいた。巴陵が腰を引き、青葉から楔を抜いた。

「風呂に入って、寝るとしようか。明日は、御座山に行くんだしな」

「……はい」

こっくりとうなずきながらも、青葉はただ悲しかった。

でもきっと、巴陵様は、俺よりずっと悲しい。

青葉の手に、巴陵の愛の証《あかし》はあるのに、巴陵の手に青葉の愛の証はないのだから。

どうしてこんなことになったのかと、青葉はきつく唇を嚙《か》みしめていた。


好きになった相手に愛されるというのは、こんなにも難しいことなのか。

そう巴陵が心の中でつぶやいた。

青葉が、嘘をついているとは思わないが……。やっぱり、高室が青葉を念弟にしたいっていうのが、青葉の心の中で、俺と高室どちらを選ぶかの、迷いになっているのかもしれねぇな。

大無間山にやってきた日の青葉を思い出せば、青葉のヤツが高室を好きってのは明々白々なことなわけだし。

いずれ、その想いを超えるくらい俺に惚《ほ》れさせる自信はある。だが、それは、今すぐじゃない。

焦るな、と自分に言い聞かせながら、巴陵は布団から抜け出して烏天狗を呼び、いつもの着流しを身に着ける。

それが終わると、青葉の背を優しく揺らした。

「あ、巴陵様……」

寝ぼけ眼の青葉が、巴陵の姿を見た瞬間、甘く微笑む。

幸せそうな、いかにもすべてを委《ゆだ》ねきった様子に、どうしてこれで、念紋が出ねえのか、と巴陵が内心でひとりごちる。

「これから、御座山に行く。昨日、おまえは相当無茶をしたが、起きられそうか？」

「起きられます！」

思いのほか強い声でいうと、青葉が勢いよく上半身を起こした。

青葉は烏天狗の運ぶ盥《たらい》の水で洗顔し、髪を梳《す》くと、御座山の小天狗の衣装――白衣と白袴――に着替え、ふたりは揃《そろ》って中の間へ移動した。

中の間では、月波と由迦が揃って朝餉《あさげ》を食べていた。

「昨晩は、お楽しみのようでしたが、青葉に無理はさせなかったでしょうね」

「一回しかしてねぇよ。ちゃんと、自重した」

「……やっぱりやったんだ。でも、巴陵、君の手には念紋が出てないようだけど」

烏天狗の給仕で茶碗を受け取る巴陵の手を見て、由迦が眉を寄せた。

「出なかったんだ。これぱっかりは、強制できるもんじゃねぇし、それでも俺は、青葉を好きなんだから、問題ない」

巴陵の言葉に、一瞬、青葉が泣きそうに顔をしかめ、そしてうつむいた。

「漢《おとこ》ですねぇ、巴陵。いい子、いい子」

湿っぽくなった空気をふり払うように、月波がよしよしと巴陵の頭を撫でる。そして、由迦は複雑そうな表情で巴陵と青葉を交互に見やる。

そうして、朝餉を終え、ふたりは御座山に向かうこととなった。

隠形の術を幾重にもかけた水珠の入った桐箱を懐に入れ、鳳扇を帯に差した巴陵が、ひょいと青葉を抱えあげる。

「しっかり、つかまってろよ」

青葉が巴陵の首に両腕を回すと、巴陵が大きく羽根を羽ばたかせ、宙に舞いあがる。

すると、青葉が嬉し気に顔をあげた。

「あぁ……！　気持ちいい……」

空を飛ぶ快感は、天翔ける存在にのみ許された特権だ。歓声をあげる青葉を横目で見ながら、巴陵は、早く羽根を元通りにしてやりたいという思いを強くする。

飛べない天狗は、天狗じゃないからなぁ。

それは、天狗失格という意味ではない。心の赴くままに飛翔《ひしょう》するのが天狗の本能。飛べない天狗は、水中で呼吸ができなくなった魚と同じということ。

ふたりは、ほどなくして御座山の結界近くに至った。

「……ここでいったん、地上に降りましょう。水珠が盗まれて以来、高室様が結界の範囲を広くした上に、より強めています」

「ここって、前に俺が襲われた場所に近いんじゃないか？」

地上に降り立つと、周囲を見回し巴陵がいった。

「高室様の結界に触れずに御座山に近づこうとすると、どうしてもこの辺——源爺の住処《すみか》に近い場所——になってしまうんです。源爺はとてもいい妖《あやかし》で、俺の羽根がこんなになった後も、由迦様と源爺だけが、前と変わらず俺に接してくれたんですよ」

青葉の言葉が終わらぬうちに、ひょっこりと蝦蟇《がま》の妖が顔を見せた。

「青葉！　そしてもうお一方は、もしや、大無間山の大天狗様で？」

突拍子もない組み合わせに驚いたか、源蔵が小さな目を見開いた。

そして巴陵は、おや、と思う。

確か、この爺さんと顔を合わせるのは初めてのはずだが……。よく俺が、巴陵とわかったな。

「はじめましてになるな、源爺。俺は、大無間山の大天狗、巴陵だ。高室に用があって来たんだが、内密に会いたくてな。すまないが、俺たちがここに来たことを、ちょっとの間、ほかの奴らには内緒にしてくれないか？」

「それはかまいませぬが、天狗の方々に問われて嘘をついたことがわかると、後で儂が酷い目に遭わされてしまいます」

「そうか……。じゃあ、聞かれたら正直に答えていい。だが、自分からは言わないでくれ。騒ぎを起こす気はねぇ。おまえさんには、迷惑がかからないようにする」

「それであれば……」

不承不承という顔で応じると、源蔵がいぶかしげに青葉を見やった。

「真円様の眷属《けんぞく》となって、山を出たと聞いていたが……。なぜ、大無間山の巴陵様と一緒にいるのかい？」

「その……真円様から、高室様に書状をお届けするよう言われたんだけど、俺は、空を飛べないから、巴陵様にここまで送ってもらったんだ」

それは、ここに来るまでの間に巴陵と青葉で考えた口実であった。

青葉が高室に会うためには、真円の遣いというのが、一番、怪しまれないからだ。

「ほう。真円様の……。ところで青葉よ、その右手の甲、もしや念紋では？」

この爺さん、鋭いな。さっきは俺の正体を見破ったし、青葉の念紋にも、すぐに気づくとは。

源蔵の言葉に、青葉が顔を真っ赤にして右手を背中に回した。そうして、照れくさそうに、「そう」と答えた。

源蔵の顔が歪んだ。驚きにではなく、別の感情に染まった表情であった。

「驚いた。おまえに念紋がある……ということは、相手は天狗なのだね。まさか……」

そういって源爺が巴陵に視線を向けた。その瞳には、強い光が宿っている。

「察しがいいな、爺さん。相手は、俺だよ」

「なるほど。だから、真円様は、わざわざ巴陵様に青葉を運ばせたのですか……。しかし、巴陵様、あなた様の左手には、青葉の念紋がないようですが」

「今のところはな。だが、近いうちに青葉の念紋も俺に出るだろうさ」

まるで、決まったことのように巴陵はいった。

半ばはそう信じているが、もう半分は自分に言い聞かせるように。

源蔵は黙って巴陵を見ていた。

その視線に、巴陵は居心地の悪さを感じた。まるで、自分の不安を見透かされているような気分になる。

「えっと……、ごめんね源爺、せっかく会えたけど、俺、そろそろ行かないと」

気まずそうに青葉がいうと、源蔵が笑顔でうなずいた。

「早く、真円様のご用事を済ませてきなさい。その後で、儂の洞窟《どうくつ》にも顔を出しておくれ。

茶と菓子でもてなしてやろう」

「ありがとう、源爺！　じゃあ、巴陵様。行ってきます」

破顔一笑すると、青葉が御座山の宿坊に向かって駆け出した。軽やかに山を駆ける青葉の背を、巴陵と源蔵が見送った。

「巴陵様、儂の住処にいらっしゃいませんか？　茶の一杯もお出ししましょう」

「そうだな……。では、お言葉に甘えさせてもらおうか」

このままここにいて、御座山の烏天狗にでも見つかったら面倒だ。

そう考えて、巴陵がうなずいた。

ふたりが源蔵の住処——洞窟——へ向かった。

洞窟に着くと、源爺は巴陵を円座に座らせ、竈《かまど》で湯を沸かしはじめた。

巴陵がぐるりと洞窟を見渡した。薬作りの名人の住まいにふさわしく、洞窟には薬や薬草が入った壺《つぼ》や木箱が所狭しと並んでいて、独特の薬臭さが鼻をつく。

「こんなものしかありませんが。……薬草茶です」

源蔵が、湯呑に入った濃い茶色の液体を巴陵に勧め、巴陵の向かいに座り、自分の湯呑を手にした
「これは、青葉の好物でしてな。ここに来ては、美味しい、美味しい、といって飲んでくれました」

源蔵が懐かしそうな目をして茶を飲んだ。つられて巴陵も湯呑に口をつける。香ばしくて、口当たりもいい。なかなか旨《うま》い薬草茶だな。

巴陵が湯呑を空にすると、源蔵が腰をあげて再び竈へ向かった。竈に柴を入れると、鍋に水を足し、新たな湯呑に茶を入れて戻ってきた。

「……羽根がああなってから、まともに接してくれたのは、あんたと由迦だけだったと青葉が話していた。青葉がたいそう世話になったな。礼をいう」

新たに湯呑をさし出す源蔵に、巴陵が深々と頭をさげた。

「そんな、礼など……。あなた様にしていただく筋合いは、ございません」

恭しい口調であったが、言葉遣いに棘《とげ》がある。

おや、と思いながら、巴陵が顔をあげた。

源蔵は、さきほどまでとは打って変わって険しい顔を巴陵に向けている。

「青葉と儂は五十年ものつきあいがございます。青葉と幾度か契ったていどのことで、青葉の保護者顔をするとは、いやはや、天狗らしい傲慢《ごうまん》さよ」

ゆらり、と源蔵が立ちあがった。

小柄な源蔵が、一回りも二回りも大きく見え、全身から怒りの気を放っていた。

「青葉は、儂のものじゃ！　おまえなんぞに奪われてたまるものか」

「いったな、爺さん。その度胸は褒めてやるよ。だが、青葉はすでに山移りを済ませ、大無間山の天狗となった。すなわち、この巴陵のものとなったのよ」

まぁ……うちの山じゃ、ほかと違って、大天狗には絶対服従じゃねぇから、俺のものとはいえないいんだが……。

だからといって、蝦蟇の妖に喧嘩《けんか》を売られ、買わずにいれば大無間山の名がすたる。

蝦蟇の妖が、天狗――しかも大天狗だ――を、相手に、まともに争うわけがない。威圧すれば、源蔵の頭も冷える。それが常識であった。

しかし、源蔵は前言を撤回するわけでもなく、謝るわけでもない。

変わらず不敵な表情で巴陵に対峙している。

「……天狗というのは、美しい。強く、高慢で、不遜《ふそん》で……。憎らしいことこの上ないが、同時に、魅かれてならない。儂は、この想いを長いこと持て余していた。見下され、蔑《さげす》まれ、それでもなお御座山に住み続けるのはどうしてか、と。答えは、天狗がほしかったからだ。いずれ、天狗の念者となれれば、この想いも晴れようものと、な」

「つまり、爺さんは、青葉の念者になりたいんだな。……悪いことはいわない。諦《あきら》めろ。あれは、俺の念弟になると決まっている」

「そのようなこと、誰が決めた！　青葉なら、あの天狗には珍しき優しき子であれば、儂を念者にしてくれるはずだ」

「……俺が手をつける前だったら、その可能性もあったかもしれないな。だが、もう遅い。

あいつは、俺の念者になりたいと、昨晩、はっきりいったんだ」

青葉を手に入れたいという妄執で、源蔵の顔が歪んでいる。その顔を見ながら、巴陵はふと思う。

とはいえ、俺も念紋を出さない青葉を好きなんだよなぁ。いったい、この蝦蟇の妖と俺は、どこが違うのか。

同じように、妄執に囚《とら》われているんじゃないか。

巴陵がそう思った瞬間、体に変化があった。手足が痺《しび》れ、眩暈《めまい》がする。

これは……前に御座山で痺れ薬を喰らった時と、同じだ……。

「クソ。爺、てめぇ、俺に一服盛りやがったな⁉」

そういいながら、巴陵が地面に手をついた。狭い空間であるためか、前回と比べて薬の効きが強い。

「前のアレも、てめぇの仕業だな⁉　まさか、俺を襲ったのも、てめぇなのか⁉」

腕の力が弱まり、地面につっぷしながらも、巴陵は金の瞳で睨《にら》みつける。

そんな巴陵を、愉悦そのものといった表情で見おろしながら、源蔵がうなずいた。

「少し考えればわかるであろうに。この御座山で痺れ薬を扱えるのは、この儂のみ。それをまあ、のこのことやってきて……。天狗には通力があっても知恵がないというのは、まことのことよ。一山を預かる大天狗にしてこのていどとは」

源蔵がするりと巴陵の背後に回り、帯から鳳扇を抜き取った。

「返せよ、俺の鳳扇を。それは、てめぇに扱えるシロモノじゃねぇ」

「だが、おまえには扱えるのだろう？　こんな物騒なものを持たせておくほど、儂は無能ではないのでな」

そういうと、源蔵は鳳扇を戸棚にしまい、かわりに縄を手にして戻ってきた。

「なんで、同じ茶を飲んで、俺だけ痺れて、おまえは無事なんだよ」

後ろ手に縄で両手首を縛られながら、巴陵が尋ねる。

「儂は、長いこと薬を作る間に耐性ができたのよ。それと、蝦蟇の粘液じゃな。天狗どもが気色悪いと忌み嫌うこの粘液は、毒には滅法強いのだ」

「へぇ……。爺さん、あんた、なかなかやるな。見直したぜ」

「褒めたところで、助けるつもりはないぞ。おまえさんの身柄は、このまま阿嘉に引き渡す。阿嘉は、おまえを水珠を盗んだ犯人と思いこんでいるからのう。さて、どうなることか……」

にたり、と源蔵が妖怪じみた笑みを浮かべた。

「……ちょっと待て。その口ぶり。もしや、爺さん。あんた、水珠を盗んだ本当の犯人を知っているのか!?」

「盗人は、由迦じゃな」

拍子抜けするほどあっさりと、源蔵が答えた。

「盗みの現場を見たわけではないが、少々考えればわかることよ。おまえが犯人ということはない。なにせその時は、儂に切りつけられて、半死半生であったのだからな」

そういうと、源蔵がふわりと手ぬぐいを頭に被る。たちまちのうちに、源蔵は、あの、巴陵を襲った天狗に姿を変えた。

「驚いたか？　これは、変化《へんげ》の手ぬぐい。薬の代価にと、狐《きつね》の妖が置いていったもの」

「そういうことだったのか……。なんで、俺を襲った？　あんたと俺は、今日が初対面で、恨みを買うような覚えはねぇんだが」

「それは、おまえさんが由迦を大無間山に連れ帰れないようにだ。由迦が大無間山に行ってしまえば、青葉が高室の念弟にされてしまう」

「どうして、由迦が大無間山に山移りしたいと知った？」

「そりゃ、由迦が儂にあの手紙を大無間山の烏天狗を通じておまえに渡すよう頼んだからよ。運ぶ途中で手紙を盗み読みしたのだ」

「あぁ、そういうことか……」

つぶやく巴陵の目がかすむ。手足が完全に麻痺《まひ》して、ともすれば意識を失いそうだ。

源蔵が手ぬぐいを外して元の姿に戻り、巴陵の顔をのぞき見る。

「儂の薬はよく効くであろう？　そろそろ、目を開けているのも辛いのではないか？」

「まぁな。大天狗の俺にこれだけ効く薬が作れるんだから、あんたは、本当にすごい妖だ。頭も切れるし、観察眼も鋭い。御座山じゃなくて、うちの山に来れば、悪戯好きの奴らが大喜びで迎え入れそうだ」

特に、月波だな。相撲の相手をすりゃあ、翔伯だって大歓迎するだろう。

巴陵の感想に、源蔵が意表を突かれたという顔をした。

その表情に、巴陵は、おや、と思う。

何か、大事なことに、もう少しで手が届く。そう思った時、洞窟の外に、天狗の気配がした。

「……急に狼煙《のろし》で呼び出すとは、いったい、何用だ」

「これはこれは、阿嘉様。なんと、大無間山の巴陵を生け捕りにしたのでございます」

巴陵に対したものとは打って変わって、丁重な口ぶりで源蔵が阿嘉に応じた。

洞窟の薄暗がりの中、莚《むしろ》に転がる巴陵に阿嘉が目を向けた。

「なんと、まさしく巴陵ではないか」

感嘆の声をあげると、阿嘉が巴陵のもとへやってきた。巴陵は目を閉じ、意識を失っているふりをする。

それにしても、阿嘉の奴は酷ぇなぁ。蝦蟇の妖怪が大天狗を捕らえたなんて、大金星だっていうのに、誉《ほ》め言葉のひとつもくれてやらないとは。

阿嘉は巴陵を傲岸《ごうがん》な表情で見おろすと、足で巴陵の肩を蹴《け》った。

「こやつ、鳳扇を持っておらぬな」

「元々、腰には何も差してはおりませんでした」

ここで巴陵は、おや、と思う。

源爺は、阿嘉に従ってはいるが、忠誠心があるってわけじゃねえんだな。

「では、懐を調べてみるか。……これは……？」

阿嘉が巴陵の懐に手を突っ込み、中を探り、水珠の入った桐箱を取り出した。

隠形の術をかければ、気配は隠せる。が、存在そのものがなくなったわけではない。懐を開いても何も見えないが、手で探れば触れてしまうのだ。

なまなかな天狗では解けない術ではあったが、阿嘉が二度、三度と挑み、隠形の術を解いてしまった。

「なんと。水珠ではないか！」

蓋を開け、中を検《あらた》めた阿嘉が驚きの声をあげ、源蔵が息を呑んだ。

「これを見るのは初めてですが、なんとも美しいものでございますなぁ……」

「水珠を見るな。貴様などに見られると、水珠が汚れるわ！」

「これはこれは。失礼をいたしました」

阿嘉の剣幕に、源蔵がすぐに謝る。

水珠は元々、蛇の妖だよなぁ。蛇は蛙《かえる》を食うもんだ。それに水珠は元々、水の神でもあったわけだし、蝦蟇のおたまじゃくしは水中で育つ。むしろ、天狗より近しい間柄で、汚れるも何もないいんじゃないいか？

気を失ったふりをしつつ、巴陵が胸中で阿嘉に突っ込む。

「やはり、水珠を盗んだのは、こやつであったのだな。儂の睨んだ通りよ！」

「ではなぜ、巴陵はわざわざ盗んだ水珠を、ここに持ち込んだのでありましょうか？」

「そんなこと、高室様の霊威に感服して返しに来たに決まっておるわ」

あぁ、こいつは、なんという阿呆《あほう》なんだ。霊威に感服しているのなら、そもそも、水珠を盗まないだろうが！

さきほどから、阿嘉の発言に、巴陵の突っ込みが追いつかない。

天狗に知恵が足らないといわれるのは、きっと、こいつのような阿呆がいるからだ。そう、巴陵が内心で毒づいた。

「では、この者の身柄、どういたしますか？」

「それは、高室様がお決めになることだ。殊勝にも、盗人自ら水珠を返したのであれば、罰も、軽く済ますであろうな……」

阿嘉の口調が苦みを帯びた。阿嘉は高室に心酔しているが、高室の公正さは微塵《みじん》も持ち合わせていない。正義原理主義と呼びたくなる堅物で、大無間山のことは、普段から目の敵にしている。

「ならば、どうでしょう。水珠のことは内密にして、高室様の前に、こやつを連れて行くのです。さすれば、高室様もきつい罰をお授けになるでしょう」

「高室様に、嘘をつけ、というのか⁉」

阿嘉が源蔵を問いただすが、その声にさきほどまでの威勢はない。

「ただ、黙っていればよいのです。……これならば、嘘をついたことにはなりませぬ」

「そうであるな！」

罪悪感を持たずに、自分の望む方向へ事態を誘導する方策を与えられ、阿嘉が晴れ晴れとした顔をする。

「だが、この水珠はどうしたものか……？」

「折を見て、高室様にお渡しすればよろしいかと。大無間山と御座山の間に隠してあったとでもいえば、高室様も怪しみはしないでしょう」

「そうだな。まさしく、その通りだ」

うんうんと深くうなずくと、阿嘉が水珠に隠形の術をかけた。それから、巴陵の額に指で触れ、通力を封じる呪文《じゅもん》を唱える。

痺れ薬が切れたら、とっとと逃げようと思っていたんだが……。こりゃ、かなりまずい事態だぞ。そう巴陵が内心でぼやいた。

このままだと、高室の野郎から、本気のお仕置きを受けるハメになっちまう。

せめて、鳳扇がこの手にあれば……。阿嘉の術など、すぐに解いてしまうのに。

心の中で歯噛みしつつ、巴陵はどうすればこの窮地を脱せられるかと、ともすれば意識を失いそうになりながらも、ひたすら考え続けていた。


巴陵と別れた後、青葉は軽やかに山道を駆けあがり、高室の庫裏へと向かった。

途中、結界を越えてきた者を誰何《すいか》すべくやってきた烏天狗たちと出会う。

青葉が「主《あるじ》の遣いで来た」と告げると、烏天狗らは、あっさり青葉を通した。

「真円様は、こうして高室様へ遣いさせるため、そなたを眷属にしたのであるな」

青葉が真円の眷属と信じ切っている烏天狗たちは、そう納得していた。

なんの障害もなく宿堂へ到着し、阿嘉の手下のようにふるまう天狗、晨風《しんぷう》に、取次を頼んだ。

晨風もまた、青葉の言葉を信じて、高室へ取次ぎ、ほどなくして青葉は高室の住む庫裏の書斎に通された。

三日ぶりに会う高室は、いつものようにきちんと身なりを整え、端然と座していた。

青葉に対する高室の表情には、嫌悪もなければ好意もない。ただ、旧友の眷属を迎えるにふさわしい、陶器のようにつるりとした顔を向けている。

「久しい……というほどには、時は経っていないか。真円殿がおまえを遣いに寄こすとは……何用か？」

「……恐れながら、高室様。今の、私の主は真円様ではありません。日本酒一升と交換に、別の主をいただく身となりました。本日、ここに参ったのは、その主よりの命にてございます」

平伏したまま青葉が、まず、今の自分の身分を告げる。

日本酒一斗と交換して手に入れた眷属を、すぐに日本酒一升と引き換えに他人に譲る真円のふるまいに、さすがに高室も度肝を抜かれたようだった。

「なんとまあ……。真円殿らしいといえばらしいが……」

高室の声に、わずかに不快な感情が混じっている。

ここで、巴陵様だったら、手を打って大笑いするだろうな。

高室は厳しく、巴陵は寛容だ。とはいえ、行きすぎた寛容は無秩序を生み、厳しさは厳罰や威圧となって現れる。

どちらがいい、悪いのではない。要は、中庸が大事なのだ。

かつての高室は、そのあたりに心を配っていた。しかし、今の高室は違う。水珠がなくなり、優しさまでなくしてしまったようだ。

「で、今の主はどなたかな？　その念紋……。もしや、主は天狗なのか？」

早速、高室に念紋を見つけられ、青葉は正直驚いた。

「鳳凰《ほうおう》の念紋。……まさか、主は巴陵ではあるまいな!?」

答えを待たずに高室が近づき、青葉の手首をねじりながら吊《つ》りあげた。

「痛い。痛いです、高室様！」

「ならば、すぐにいうのだ。おまえの今の主の名を！」

「巴陵様です」

青葉の口から答えを聞くと、高室は喝と目を見開き、手を離した。

「あの盗人が、私に何の用があるというのだ。盗んだ水珠を返しに来たとでも？」

「巴陵様は、水珠を盗んではおりません。しかし、水珠を見つけたので、高室様にお返ししたい、とおっしゃっております」

「ならば、今すぐ水珠を返すのだ。当然、おまえは水珠を持っているのだろう？」

「水珠は、巴陵様がお持ちになっております。巴陵様より、直接、高室様に水珠をお返しし、その際に水珠を盗んだという濡れ衣を晴らしたいとのご意向がございます」

青葉の言葉に、高室の全身から怒りに似た気迫が立ちのぼる。

あまりの気の強さに、青葉の身が自然と縮まった。

怖い。けれど臆《おく》しては駄目だ。ここが正念場なんだから。そう己を叱咤《しった》する。

「水珠を返すというのは殊勝な心がけだが、なぜ、濡れ衣を晴らす必要がある？　水珠を盗んだ理由を弁明するというのが、正しいはずだ」

「それが、そもそもの誤解なのです。水珠を盗んだのは、巴陵様ではございません」

「では、真の犯人は誰だ？　巴陵を庇《かば》うからには、それもいえるのだろう」

高室の問いに、青葉は真実をいうべきか迷う。けれども、余計な隠し立てはしないのが巴陵の流儀だ。青葉が、緊張しながらその名を口にした。

「——由迦様です」

「……」

「昨晩、由迦様より、直接聞きました。つい出来心でやってしまったと。しかし、その心情は、私にも理解できるものでした。……ですから、どうか、由迦様をお許しください」

目を瞑《つぶ》り、青葉は一息にいいたいこと——いうべきこと——をいった。

身を固くして青葉は高室の反応をうかがう。

「由迦は、確かに昨晩より姿が見えないが……」

高室は、理のある言葉に耳を傾ける公正さを、まだ持ち合わせていた。高室の気配が和らぐのを感じ、青葉は顔をあげた。

「私は、あくまで遣いです。巴陵様は高室様にお会いするため、御座山の結界のすぐ近くまで水珠を持ってやってきております。由迦様が犯人であると公にすることを、巴陵様は望んでおりません。内密に、会って話がしたいと申しております」

「確かに、由迦が盗んだとなれば、私も公にはしたくないが……」

それは、由迦を庇うというより、盗人を念者にしていた事実を公にしたくないという保身――いや、自分の清名を保つための自衛――に、青葉には思えた。

いいや。どんな理由であってもいいんだ。要は、水珠を返して、俺の呪を解いてもらうのが目的なんだから。

高室の態度が軟化したのを、青葉は好機と捉えた。

「では、今すぐ、巴陵様のもとへご案内いたします。巴陵様は、源爺……いえ、蝦蟇の源蔵の住処の近くで待っておられます」

すぐに高室が立ちあがり、青葉とともに庫裏を出る。そこへ、阿嘉がやってきた。

「高室様、いいところに！　……もしやこれは、半端者の青葉ではないですか！　なぜこやつがここに？」

「主の遣いでここに来たのだ。それより、何用があって参ったのだ？」

「巴陵の奴めを捕らえましたので、そのご報告に参上いたしました」

高室が目を細め、青葉が息を呑んだ。

どうしよう。あくまでも、話し合いは内密に……ってことだったのに。巴陵様が阿嘉様に捕まってしまったなんて。

思いのほか大ごとになってしまい、青葉と高室が顔を見あわせた。

「なるほど。では、巴陵はいかがしておる？」

重々しく高室が尋ねると、阿嘉が当てが外れたという顔をした。

「てっきり、高室様は大喜びなさると思っていたのですが……」

「もちろん、喜んでいる。ただ、あまりにも突然のことで実感が湧かないのだ。それで、巴陵はいかがしておる？」

「薬で眠っております。今は、烏天狗に見張らせて、宿堂の一室——元々、青葉が使っていた部屋——に、閉じ込めております」

「なるほど。よくやった。それで、巴陵は何か持参していなかったか？」

「……特に、何も」

微妙な間を置いて、阿嘉が答える。

その答えを聞き、高室の気配がふっと変わった。

まずい。高室様は、俺より阿嘉様を信用している。水珠を返しに来たのに、水珠を持っていないと思われたら、せっかく話を聞く気になった高室様の気が変わってしまう。

それどころか、嘘をついたと決めつけ、怒り心頭となるに違いない。

『高室様。水珠を入れた箱は、巴陵様の懐に納め、幾重にも隠形の術をかけております。阿嘉様がお気づきになられていないのかもしれません』

急いで青葉が、高室に心話で語りかける。

「阿嘉、巴陵の身を調べたか？　なにやら、怪しげな物を所持してなかったか？」

「無論、確かめました。懐の内にも手を入れて探りましたが、羽団扇の羽根一本さえ見つかりませんでした」

「しかたない。私が巴陵の身を直々に調べるとしよう」

大天狗と天狗とでは、通力の格が違う。阿嘉の実力は御座山では高室に次ぐもの――由迦と同等――であったが、それでも巴陵より一段落ちると考えた方がいい。

高室もそう考えたか、足早に宿堂に向かって歩き出す。青葉も慌てて後を追った。

……高室様は、巴陵様が本当に水珠を持ってきたかどうか、半信半疑なんだな。

青葉の目に映る高室の背中は、緊張していた。水珠が戻ってくるという期待と、巴陵が自分を騙しているのではないかという疑念。そうだったらただではおかない、という思いまで、青葉には見て取れた。

巴陵様に会いさえすれば、誤解は、きっと解けるはず。

青葉はそう信じて、かつての自分の部屋に足を踏み入れた。しかし、そこにいるはずの巴陵の姿はなく、見張りと思しき烏天狗が一羽、畳にうつぶせに倒れていた。

眼前の光景に、三人が目を見開いて息を呑む。

最初に動いたのは、阿嘉だった。気絶している烏天狗を揺さぶり、「巴陵はどこだ！」

と、大声で問いかける。

「わかりませぬ……。ふいに、見知らぬ天狗がやってきて殴られてしまい……」

「この役立たずめが！」

烏天狗を一喝すると、阿嘉は高室をふり返った。

「直ちに、巴陵を探す手配をいたします」

そう告げると、阿嘉が目を覚ました烏天狗の首根っこをつかまえて、早足で部屋を出て行った。あとには、青葉と高室のふたりが残される。

「おまえと巴陵のほかに大無間山の天狗が同行していて、その者が巴陵を助けたのか？」

「御座山には私と巴陵様のふたりだけで参りました」

「では、誰が巴陵を連れ出したのだ？」

「わかりません」

気になるのは、烏天狗のいった見知らぬ天狗の存在だった。

まさか、あの日、俺と巴陵様を襲ったのと同じ天狗……？

水珠を盗んだ犯人はわかったけど、俺と巴陵様を襲った天狗の正体は、わからない。

もし、あの天狗が巴陵様をさらったのなら……巴陵様を殺しかねない。

そう考えた瞬間、青葉の全身から血の気が引いた。

「高室様、結界内に他山の天狗の気配はありますでしょうか？」

「今も探っているが、おまえたち以外に他山の天狗が結界内に入った気配はない」

「おかしくはないですか？　前の時と、今回と。二度とも、他山の天狗が関わっています。しかも、高室様に気づかれずに侵入を果たすなど……」

「そういえば、おまえは、見知らぬ天狗に襲われていた巴陵を庇い、その傷を負ったと申していたな。あれは、世迷い事ではなかったのか……」

高室がついと眉をあげ、改めて青葉を見た。

「その天狗が、いまだ御座山にいるのなら、姿を見れば、あの時の天狗と同じ者か確かめられます。どうか、その天狗を探して捕らえますよう、みなにご命じください」

「おまえが、私にそうしろと、命令するのか？」

生意気をいうな、と、高室の声音が告げている。しかし、青葉は引かなかった。

「どうか、どうか……。くだんの天狗が巴陵様をさらったとなれば、巴陵様の身が危ういのです。今の私は大無間山の小天狗。なにとぞ、わが主をお救いください」

青葉が畳に額を擦りつけて懇願する。

「今の主は巴陵……。そうであったな。おまえはもう、わが眷属ではなかった」

そうひとりごちると、高室が御座山のすべての天狗と烏天狗に心話を発した。

『他山の天狗が、宿堂にいた大無間山の巴陵をさらい、逃走している。その天狗を探し出し、捕らえよ。その天狗でも巴陵でも見つけた者は、すぐに私に知らせるのだ』

心話を終えた高室が、平伏したままの青葉の背に手で触れた。

「もう、いい。頭をあげなさい。……巴陵をこの手で切り捨てるにしろ何にせよ、いずれ、その不埒《ふらち》な天狗より巴陵を取り戻さねば叶わぬことだから」

青葉が顔をあげた。高室は困惑した表情をしていたが、さきほどまで青葉との間にあった壁がなくなっていた。

「この高室の結界を越えて、気配を気取られずに御座山に侵入できる他山の天狗は、いたのか。……青葉、おまえはあの時、私に嘘をついたのではなかったのか……」

「高室様に嘘をつくなど！　絶対にいたしません!!」

そう答えながらも、青葉の胸が、ふわりと温かいもので満たされた。

あの時は伝わらなかった真実が、今になって高室に通じた。

……そうか。高室様は俺が巴陵様を庇ったといったことより、嘘をつかれたと勘違いして、それに怒っていたのか……。

青葉の答えにうなずくと、高室がその場に正座して、青葉に向かって頭をさげた。

「今まで誤解をしていて、すまなかった」

「……高室様！　お顔をあげてください。高室様が俺に頭をさげるなんて……」

「いいや、青葉。おまえはすでに、他山の天狗なのだ。こういうけじめは、きちんとつけなくてはいけないのだよ」

顔をあげ、そして高室が落ち着いた声でいった。

「青葉、巴陵が見つかるまでの間に、おまえが知っていることを話しておくれ。私は、今まで阿嘉の話ばかりを信じていた。いずれの言葉が真実か、その判断は後にするが、おまえの話をちゃんと聞かないのは、公正とはいえないからね」

「……はい！」

あぁ、よかった。高室様が前の、みんなが大好きだった高室様に戻っている。

ただそれだけのことが、青葉には無性に嬉しかった。

熱くなった目頭を、ぐいと擦ると、青葉が話をはじめる。

問われるままに、青葉がすべてを——由迦の手に念紋がないことも含め——高室に話した。

高室は、由迦が水珠を盗んだことよりも、二百年近く念者と偽られたことの方に衝撃を受けたようだった。

話を聞き終えた高室が、自分の左手の甲をじっと見つめた。

「由迦様は、嘘をついてしまうくらい、高室様のことが好きだったのだと思います」

「そうか……。かといって、嘘をつくのは、よくないことだ」

いいながら、高室が左手の甲に右手で触れた。

「由迦の念紋に触れるたび、私はいつも……なんだろうね……壁のようなものを感じていた。何か、私にいえないことがあるのはわかっていた。だからね、青葉。おまえは私を責めるだろうが、そういう由迦を心底愛することが、できなかったのだろう。私は、嘘や隠し事が嫌いだから。由迦が自分から、真実を告げてくれたなら……あの壁がなくなっていたら、私は、由迦を愛せたかもしれない」

　切なげに高室がため息をつく。

「念紋が出て、自分が一番愛されていると由迦様が思わない限り、由迦様の口から真実を告げることは、できなかったと思います」

「それでは、埒《らち》があかない。私たちが真の念者になれなかったのも、当然のことだ」

　由迦との日々は、もう過ぎたこと――と、いいたげに、淡々と高室が語る。

「ところで、青葉。おまえには巴陵殿の念紋が出ているのだろう？　それに触れれば、少なくとも今、巴陵殿がどういう状態かわかるのではないかね？」

「――そうでした！　うっかりしていました‼　すぐに調べます」

　青葉が意識を集中して右手の甲に左手で触れた。

「わっ！」

「どうした、青葉？」

「わかりません。……いえ、強い感情が伝わってきたのですが……言葉では、うまく言い表せません。強いていうなら、炎、です」

今、巴陵の感情は燃えていた。

強い怒り。そして、同じくらい深い悲しみ。

怒りは赤い炎となって周囲を燎原《りょうげん》と化していた。悲しみは風となり、火の粉を天高く舞いあがらせる。

見渡す限り、炎しかない。あまりの焔《ほのお》に、青葉は巴陵につながるのが怖くなった。

いったい、何に、そんなに怒っているのですか？　何が、それほどまでに巴陵様を悲しませているのですが？

巴陵が目覚めているのならばと、青葉が心話を使って巴陵と話そうとするが、半人前の青葉の術では、怒り狂った巴陵の心には届かなかった。

いてもたってもいられない。

飛べない自分では、巴陵を探すのにもたいした力にはなれない。そんなことはわかっている。だが、青葉はただ座して待つのに耐えられなかった。

「私も、巴陵様を探します」

青葉が立ちあがり、高室に告げる。その時であった。

「高室様、大変です！」

襖が開き、慌てふためいた様子の阿嘉が姿を現す。

「本堂が、燃えております」

「なんだと⁉」

高室がすっくと立ちあがり、縁側の障子を開けた。

そこからは、本堂がよく見える。そして、本堂の壁の隙間《すきま》から、黒い煙が上空に昇るさまがありありと見えた。

「なんということだ。阿嘉、行くぞ！」

縁側からひらりと高室が飛んで、阿嘉が続く。遅れて、青葉も裸足《はだし》のまま本堂へと駆け出した。

天狗は、火、そして風を扱うのに長《た》けた妖だ。だからこそ、火伏の術にも通じている。

本堂は、高室が人であった頃から拝んでいた仏像が祀《まつ》られており、高室が念入りに火伏の術をかけ、火事が起こらぬよう細心の注意をもって勤めをしている。

その本堂が燃えている。

青葉の胸が怪しく騒いだ。

本堂の火事と、巴陵の胸の内に燃える炎が、どうにも重なってしまう。

不吉な予感に襲われる青葉の耳に、巴陵の声が聞こえた。

「青葉……。青葉……っ‼」

青葉が一度も聞いたことのない、巴陵の怒声であった。

本堂の入り口前では、高室と阿嘉が並んで立ち尽くしている。その脇を、烏天狗たちが大慌てで水の入った桶《おけ》を運んでいる。

かなり遅れて本堂に辿《たど》り着いた青葉が、中を見て息を呑んだ。

さして広くもない本堂の奥で、炎の中に立つ巴陵の姿が見えた。

巴陵の髪が炎を受けて、まるで炎そのもののように赤く染まる。祭壇は哀れなほどに焼け崩れていたが、鳳扇を手にした巴陵は火傷《やけど》ひとつ負っていない。

あぁ……。巴陵様だ。無事だったんだな。

青葉は一瞬だけほっとしたものの、さきほど感じた感情を、そのまま現実としたかのような光景に身震いした。

「巴陵様！　俺はここにいます！」

青葉が大声をあげて手を振った。しかし、巴陵は悪鬼のような形相のまま、まるで青葉の声など聞こえないとでもいうように、ぎこちない動作で周囲を見渡している。

「巴陵様、俺はここです。ここにいます！　聞こえないんですか!?」

再び青葉が叫ぶが、巴陵は青葉を一瞥《いちべつ》さえしなかった。一度は青葉にまなざしを向けたが、まるで木石を目にしたように、視線が通り過ぎていったのだ。

今の巴陵様には、俺の声も聞こえない。姿も見えないんだ。

あまりのことに、青葉が声を失った。

「青葉は、どこにいる！」

　そう怒鳴ると、巴陵が鳳扇を一閃《いっせん》した。

　ごう、と風が立ち、本堂の壁が破壊された。次の瞬間、勢いよく流れてきた空気に、炎が破裂し、一瞬で堂の入り口まで火勢が及んだ。

「危ない！」

　高室がとっさに青葉や烏天狗らを庇う結界を張った。それでも烏天狗らの中には、酷い火傷を負った者が出た。

　状況を見て取った高室が、素早く指示を出す。

「火傷を負った烏天狗たちを安全なところへ運び出し、急ぎ手当てをするのだ」

　その時、壁板を蹴破って、巴陵が本堂から庭へ出て行った。

　あれほどの業火の中でも、巴陵は火傷ひとつ負っていない。そして、その身に炎をまといながら、ぎくしゃくとした足取りで、宿堂に向かって歩き出す。

「このままだと、宿堂が危ない。手の空いている者は、宿堂に行き、残っている者がいたら逃げるよう伝えなさい」

　高室の言葉に、無傷だった烏天狗たちが、慌てて宿堂に向かう。その後を、青葉も追おうとするが、高室に手首を握られ、引きとめられた。

「待ちなさい、青葉。どこへ行くつもりだ」

「巴陵様は、俺を探しているんです。俺の声も聞こえないし、姿も見えないみたいだけど……。それでも、俺が止めなくちゃ！」

「巴陵は、何者かに操られているようだ。だからおまえの姿も見えないし、声も聞こえないのだ。策もなく近づけば、火だるまにされるだけだ」

そういうと、高室がいつも身に着けている数珠を青葉の首に首飾りのようにかけた。

「これをしていきなさい。守護の術をかけてあるから、少しは助けになるだろう。あとは……」

そういうと、高室が青葉の額に指で触れ、目を閉じて呪文を唱える。

「火伏の結界を張った。そして、青葉。おまえが行くというのなら、私も一緒に行く」

「……そんな、高室様、危険です！」

「私の身を安ずるより、自分のことを心配しなさい。私は、おまえより通力も強いし術も上手なのだからね。それになにより、この御座山を守るのは、私の責務なのだよ」

毅然《きぜん》というと、高室は青葉の手首をつかんだまま、巴陵に向かって歩いてゆく。

「巴陵殿、いったい、どうなされたというのだ！」

高室が背後から巴陵に声をかける。この声は聞こえたのか、宿堂を前にして巴陵が足を止め、のろのろとふり返った。

「……高、む、ろ……か？」

「そうだ。高室だ。おまえが探している青葉は、ここにいるぞ」

「あお、ば……?」

巴陵の視線が、高室から青葉に向かう。次の瞬間、巴陵が喝と目を見開いた。

「青葉、おまえ……。やっぱり、高室と……!!」

そう叫ぶと、巴陵がその場に膝をつき、鳳扇を手にしたまま髪をかきむしる。

「あぁ、やっぱり、青葉は俺より高室を選んだのか!!」

「何をいうのです、巴陵様。俺は、巴陵様だけを愛しています！」

「嘘をつくな。その手に浮かんだ念紋は、高室のものではないか!!」

顔をあげ、巴陵が叫ぶ。

念紋って……。俺の手には、まだ、巴陵様の念紋があるんだし、そもそも、高室様と念紋が出るような行為はしてないぞ!?

いったい、巴陵様の目には、何が見えているんだ?

「あいつのいった通りだった。俺が、捕まってる間に、青葉、おまえは高室に抱かれたんだ。抱かれて、高室に心をつなげたのか。俺を捨てて、俺より、高室を選んだんだ！」

「誤解です。巴陵様。俺は、そんなことしていない！」

「青葉のいう通りだ。そのような嘘偽りを、誰がおまえに吹き込んだ?」

高室が、青葉の手を握ったまま、ずい、と一歩前に進んだ。

巴陵は、高室の問いに答えない。

血走った目で、ふたりを睨みつけながら、無言で鳳扇を振りかざす。

炎が、来る！

青葉がそう覚悟し、身を固くした。そんな青葉を、高室が庇いながら結界を張る。

うねりながら炎が虚空を走り、高室の張った結界を破り、真っ赤な舌がふたりに襲いかかる。

その時だった。

青葉と高室に、誰かが体当たりしたのだ。

突き飛ばされた青葉の目の前を、白い髪がたなびく。

――由迦様？――

白銀の髪が炎に包まれ、絶叫をあげる由迦の全身を炎が包む。

「いけない！」

高室がとっさに由迦に覆い被さり、すかさず火伏の呪文を唱える。

「阿嘉！　それに烏天狗よ、巴陵を攻撃し、時間を稼げ」

高室の呪文が効いて、火は消えた。しかし、由迦の体は炎が直撃した背中――よりにもよって両羽根のつけ根だ――を中心に、酷い火傷に覆われている。

いつも手入れを欠かさなかった美しい髪も、むごたらしく焼け落ちてしまっている。

「待っていろ。今、助けるから」

　そういって、高室が由迦の体を抱きあげ、戦闘状態に入った巴陵と阿嘉たちの攻撃が届かない場所へと移動する。

「あぁ……よかった。ご無事でしたか」

　酷い火傷を負っているにもかかわらず、由迦が目を細めて高室に微笑みかけた。

「由迦様。どうして、ここにいるんですか!?」

　身を挺《てい》して自分を庇った由迦に、半泣きになりながら青葉が尋ねる。

「やっぱり、直接、高室様に謝りたくて……」

　由迦が儚げに青葉に微笑みかけると、高室にまなざしを向けた。

「申し訳ありません、高室様。僕は、あなたの念者では、ありませんでした。あなたの念紋は、僕には出なかった」

　そういって、火傷した右手の甲を高室に見せる。

「ずっと、騙していて、ごめんなさい。僕は……そうせずにはいられないほど、あなたのことを、愛していました」

　由迦の火傷は両羽根のつけ根、すなわち、天狗の通力の元を失ってしまった。治癒の術をまったく使えない。

　それがどういうことか、片羽根を失った青葉には、痛いほどよくわかる。

「高室様、治癒の術を由迦様に!!　このままだと、由迦様が死んでしまいます」

「もう、やっている。おまえも手伝ってくれ」

高室のこめかみに汗が浮かんでいた。青葉は慌てて由迦の肩に手を置き、わずかではあったが、必死に由迦に治癒の気を注いだ。

「高室様、やめて……。僕は、……助かりたく、ない」

由迦が、右手を高室の左手に伸ばすと、念紋のある手と、念紋のない手が重なった。

「あなたは、嘘をつき続けた僕を、許さない。水珠を盗んだ僕を、殺したいほど憎んでるはず。だから、もう、いいんです。生きている、甲斐《かい》も、ない……」

ふう、とかぼそい息を吐くと、由迦が目を閉じた。

高室は目を見開いて由迦を見ていた。

「私は……おまえを許せない。だが……おまえの愛は、なんという……」

高室の瞳が揺れていた。

罪を告白し、すべての壁をなくした由迦の、素のままの愛情が、今、初めて高室に注がれているのだ。

由迦に気を注ぐことで、由迦に意識を集中していた青葉も、その一端を感じられた。

ただ、ひたすらに、愛だった。

自分を許さないことを含めて、由迦は高室を受け入れている。受け入れて、そして、許されたいと願うことなく、ただ高室が愛しいと、心のすべてで語りかけている。

由迦の愛に全身を満たされ、高室の瞳から、一筋の涙が伝い落ちる。

「そもそも、おまえに嘘をつかせたのは、私だ。おまえを責めることはできない。私の方こそ、おまえに許しを請わねば。ずっと、辛い思いをさせて、すまなかったね」

高室が由迦の右手を握った。高室のふたつの羽根から気が流れ、それが、つないだ手を通して由迦に向かって注がれてゆく。

そうして、奇跡が起こった。

「……由迦様の手に、念紋が！」

由迦の白い手の甲に、くっきりと高室の念紋が浮かんでいたのだ。

「由迦、おまえは、私の念弟だ。私たちは、今こそ真の念者となったのだよ」

「まさか……」

かそけき声で、由迦がつぶやく。

「本当だ。だからもう、死にたいなどと思わないでくれ。私のために、生きてほしい」

高室がいい、由迦が微笑し、うなずいた。

「由迦……。愛している」

「あぁ……嬉しい。その言葉を、どれほど聞きたいと願っていたか……」

愛の囁きに答える由迦の声は、さっきより強く、生きようという力に満ちていた。

もう、由迦様は大丈夫。

それも、由迦様の想いが、高室様に通じたからだ。

よかった。本当によかった。

青葉は心の中でつぶやくと、首にかけた高室の念珠を外して、由迦の胸元に置いた。

「私より、これは、由迦様が持っているべきです」

そういうと、青葉はいまだ阿嘉らと戦っている巴陵の方へと向き直った。

多方向からの炎や風の攻撃は、巴陵には届かない。巴陵の通力と鳳扇の作る結界が、攻撃を阻んでいる。

その上、少しでも手を休めると、巴陵が強風に乗せた炎を繰り出し、一羽、また一羽と烏天狗が倒れてゆく。

「……本当に、呆《あき》れるくらい、強いんだから」

思わず青葉が苦笑する。

さすがは大天狗。炎の申し子としか、いいようがない。

多勢に無勢なんて言葉、巴陵様には関係ないんだなぁ。でも、どうせなら笑顔で戦う巴陵様が見たい。最初に会った時と同じ、おひさまみたいな笑顔の。あんな憎しみと悲しみに歪んだ巴陵様の顔は、もうこれ以上、見たくない。

その時、巴陵の攻撃を受けた烏天狗が、炎に包まれながら宿堂にぶち当たった。

不審な天狗探しに奔走していた天狗や烏天狗が戻ってきて、慌てて仲間を助け、消火をはじめる。

「——高室様、天狗の方々が戻って参りました。皆様の力を集めて、巴陵様に金縛りをかけることはできますか？」

「わかった」

高室は、由迦に癒しの気を送りながら、心話で天狗たちを集めた。巴陵を攻撃していた阿嘉も、攻撃の手を止めた。

その瞬間を狙ったように、巴陵が阿嘉に強烈な一撃を繰り出した。

阿嘉がとっさに結界を張るが間に合わない。全身が炎に包まれる直前に、阿嘉を別の強い結界が覆った。

「……無事？」

助かった阿嘉が、呆けた顔でつぶやく。そして、阿嘉を見た高室の形相が変わった。

「阿嘉、そなた、懐に何を入れている！　今すぐここにきて、私に見せよ!!」

怒声が疾風のように阿嘉を襲う。巴陵に負けず劣らずの鬼の形相をした高室のもとに、阿嘉が駆け参じた。

「……こちらです」

さし出した阿嘉の手のひらには、何もない。高室が一瞥しただけで隠形の術を破ると、桐箱が姿を現した。

くませる。

高室が冷ややかにいった。大声でもなく叱《しか》るのでもなかったが、その声に阿嘉が身をすくませる。

「水珠、だな」

「申し訳ありません。巴陵が、この水珠を持参しておりましたため、捕らえた際に取りあげておりました」

「では、さきほどは私に嘘をついたのだな。……後でゆっくり話を聞かせてもらう」

そういうと、高室が桐箱を手に取り、蓋を開けた。

高室が水珠を手にした瞬間、青葉の背中から、すうっと何かが抜けてゆく。

「……？」

青葉がふり返ると、そこに、大きさが一寸に満たない、頭が鋏《はさみ》の形をした、真っ黒いミミズのようなモノがいた。

「高室様！　さっき話した、黒いのが抜けました!!」

その瞬間、青葉の全身が、右羽根を癒すために動きはじめた。左羽根が気を集め、右羽根のつけ根に向かって流してゆく。

あぁ……感じる。右羽根に、俺の気が流れてゆく。

右羽根と体をつなぐ気の筋が真っ先にできあがった。今まで眠っていた右羽根が再び息を吹き返し、気を集め、青葉の体を満たしていった。

そうして、両羽根に力が戻ると、青葉は右手の甲に左手を重ね、巴陵の感情につながった。

あぁ……まだ、怒っている。悲しんでいる。そして、苦しんでいる。

でも、大丈夫。俺が、助けてあげますからね。

ただひたすらに、青葉が巴陵の笑顔を思う。月波に叱られて拗《す》ねている巴陵の顔も、まぐわいの時に見せた気持ちよさそうな顔も。

全部、大好きだ。俺の大事な、巴陵様。

右手の念紋に、青葉がそっと口づけた。

「高室様……さっきの話ですが……。すべての天狗の力を合わせて、巴陵様を金縛りにかけてください。その間も、烏天狗には攻撃を続けさせて巴陵様が攻撃できないようにしてください。俺は、その隙に巴陵様と話してみます」

「それで術が解けるとでも？」

「わかりません。でも、やってみます。さっき由迦様がしたように、俺も、自分の命を懸けてでも、巴陵様をお救いしたいのです。だって俺は、巴陵様の念弟ですから」

まだ、俺の念紋は出ていないけれど。でも……きっと、念紋は、出る。右羽根が元に戻った今ならば、巴陵様に触れさえすれば。

それは、さきほど高室の念紋が出た瞬間を見て、わかったことだった。

体をつなげた天狗であれば、相手に触れた時に、まぐわいの最中でなくとも、念紋は出る。そして、念紋を出す時には、両羽根の通力が必要なのだ。

片羽の俺じゃあ、そりゃ、どんなに巴陵様を好きでも、念紋は出ないよなぁ。

わかってみれば他愛《たわい》のないことであった。

青葉の決意が固いと見るや、高室が阿嘉も含めた天狗たちに、巴陵に金縛りをかけるように命じた。

「うっ！」

さすがに、天狗六人分の金縛りは強力で、巴陵が動きを止めた。

「じゃあ、行ってきます」

「待ちなさい、青葉。……これを」

そういって、高室が青葉に水珠をさし出した。

「巴陵殿の炎から、身を守るために必要だ。大無間山の秘宝と御座山の秘宝、どちらが勝つか、試してみなさい」

「……俺はもう、大無間山の天狗ですが……。使えますでしょうか？」

青葉が小首を傾げながら高室の手から水珠を受け取った。

触れた瞬間、ふわりと綺麗な女の妖の姿が頭の中に浮かんだ。

それは、青葉が川に流された時、青葉を助けた水妖と同じ姿であったが、青葉はそれを知らない。

　あぁ、この人が水珠の……。高室様がずっと思い続けるのもわかる。綺麗な妖だなぁ。あと、由迦様に雰囲気とか顔立ちとかすごく似てる。

「……由迦様は、かなり高室様の好みだったんですね」

「こんな時に、おまえは何をいっているのだ」

　高室が面食らった顔で返す。しかし、その間も、高室はずっと治癒の気を由迦に送り続けている。しっかりと、由迦の右手を左手で握りながら。

　俺も、早く巴陵様とあぁならないと。

　巴陵のために右手は開けていないと、と青葉が水珠を左手に持ち替える。

　一歩、足を進めると、水珠の結界を感じた。強い、強い、水の結界だ。

　烏天狗たちは、相変わらず巴陵を炎責めにしているが、水珠の結界のおかげで、青葉は気にせず前に進めた。

　問題は、鳳扇の張った結界であった。水珠同様に、鳳扇も主を守るために強い結界を張っている。

「ごめん、鳳扇。巴陵様と話がしたいんだ。俺を、中に入れてくれる？」

　静かに、青葉が鳳扇に話しかける。

「大丈夫。巴陵様には、絶対に傷ひとつ、つけない。約束するよ。本当に、話をするだけだから。烏天狗たちにも、攻撃はやめさせる」

そういうと、青葉は烏天狗たちに向かって「攻撃をやめて！」と叫んだ。

烏天狗たちが攻撃をやめると同時に、巴陵が作った炎が青葉を襲った。

「っ！」

とっさに顔を庇った青葉の身を、水珠の結界が守る。しかし、完全にとはいかず、青葉はむきだしの手や腕に火傷を負った。

「……鳳扇。俺は、巴陵様を攻撃しない。だから、結界を解いてほしい」

火傷の痛みに顔をしかめつつ青葉が頼むと、鳳扇が結界を解いた。

青葉が足を進め、巴陵の目の前に立つ。

「巴陵様、俺の声が、聞こえますか？」

金縛りに遭ったままの巴陵に、青葉が優しく語りかけ、右手をさし伸べた。


阿嘉に捕まった巴陵は、朦朧《もうろう》とした意識のまま、源爺の洞窟から宿堂の空き部屋に連れて行かれた。途中、阿嘉が烏天狗を捕まえて、同行するよう言い渡す。

烏天狗に巴陵の監視を命じると、阿嘉は部屋を出て行った。あとには巴陵と見張りの烏天狗が残される。

そこへ、あの源蔵が、例の天狗に化けてやってきたかと思うと、烏天狗を殴りつけ、気絶させてしまったのだ。

そして源蔵は本堂の物置に巴陵を連れてゆく。

暗がりの中、源蔵は元の姿に戻ると、手燭《てしょく》の灯《あか》りをつけた。物置の中は真っ暗で、蠟燭《ろうそく》の炎がほんのりと周囲を照らしている。

源蔵は、懐中から香炉を取り出し、香に火を点《つ》けた。一筋の炎とともに、甘ったるい匂いが立ちのぼる。

香の匂いが物置を満たすと、源蔵がぺちぺちと巴陵の頰《ほお》を叩いた。

「起きろ、巴陵。起きるのだ……」

「……なん、だ、よ……」

「さきほどは、狸《たぬき》寝入りご苦労であったな。目を開けよ。目を開けて、儂を見るのだ」

目を開けちゃ、駄目だ。こいつは、薬を使って何かをすることに長けてやがる。それに、この香……胸クソ悪い臭《にお》いだ。悪い予感しか、しやがらねぇ。

目を閉じていてもまぶたを通して、淡い手燭の灯りがゆらゆらと揺れる。

無視しようとしても、つい、意識がそれを追ってしまう。普段ならば意志の力で耐えられることが、今は薬のせいで、それができない。

「巴陵よ、青葉の念紋が、おまえに出ない理由を教えてやろうか？」

「……わざわざ教えてもらわなくったって、いつか出るからいいんだよ」

答えながら、巴陵の心がざわりとうごめく。

いつか出る。きっと出る。

巴陵がそうくり返すのは、そう信じているからが半分と、そう信じたいからが半分だ。嘘から出た実《まこと》ではないが、言い続けているうちにそうなればいいと、心の奥で願っていたのだ。

虚勢を張る巴陵の心の弱さを見越したように、源蔵が言葉を続ける。

「そんなに意地を張らんでもいい。儂はな、ほれ、この変化の手ぬぐいのほかにも、様々な妖より便利な道具をもらっている。その中のひとつに、聞き耳頭巾もある」

「被れば動物の言葉がわかるってヤツだろう？　そんなこと、道具なんぞ使わなくてもできるから必要ねぇよ」

「違う。違うぞ、巴陵。この聞き耳頭巾は、聞きたい会話を聞ける頭巾よ。今、この瞬間、青葉は高室の庵《いおり》で高室とふたりきりでいる。元々、高室は、青葉を念弟にしようと思うていたのだ。高室は、おまえの念紋を手にした青葉を見て、何を思うであろうか」

源蔵が、巴陵の弱みを、まるで掌《たなごころ》で転がすように、弄《もてあそ》ぶ。

そうだ。畜生、俺は、青葉が本当に愛しているのは、高室なんじゃねぇかと疑っている。

そうでなきゃ、この俺と二回もやって、しかも二度目は合意なのに、あいつの念紋が俺に出ないなんてことは、ありえないからな！

「聞きたくはないか、ふたりの会話を。今、ふたりが何をしているのか……知りたくはないか？」

「大天狗の俺に、遠見の術や遠聞きの術が、使えないと思ってるのか？　知りたきゃ、自分で見るし、聞くんだよ」

「だが、今のおまえは、阿嘉によって通力を封じられている。おまえが通力を使えるようになる頃には……さて、高室のそして青葉の手の甲には誰の念紋が浮かんでいることやら。おまえが聞かぬというのなら、儂がかわりに聞いてやろうか？　青葉のかわいい声を、たっぷり堪能させてもらおう」

源蔵が口をつぐんだ。

沈黙と、そしてまぶたを通じて感じる、ゆらめく炎。甘ったるい匂いに、巴陵はむせ返りそうだった。

「おう。……おう、おう」

源蔵が楽しげな――交情の場を盗み聞きしているかのような――下卑た声をあげる。

……畜生。あいつら……いったい、何をしてやがるんだ？　源爺の野郎、少しくらい何がどうなってるか喋《しゃべ》ってもいいだろうに。

巴陵が内心で舌打ちをする。

その時点で——青葉の貞節を信じられなかった時点で——、巴陵は源蔵の術中にハマっていた。

「あぁ……。なるほど、なるほど。そんなに青葉の具合はいいのか。肉筒は、蕩けるように熱く、柔らかなのか……。それは高室も堪らないであろうなぁ」

くくく、という下卑た笑声を聞いた瞬間、巴陵は、目を開けていた。

「いったいどういうことだ！　俺にも聞かせろ‼」

「……いいぞ、いいぞ。すぐにこの頭巾を貸してやろう」

源蔵がぐい、と顔を寄せ、巴陵の瞳をのぞきこむ。

その瞬間、巴陵の頭の芯が、ぐらりと揺れた。視界が極彩色の渦に覆われ、意識がさらわれてしまう。

なんだこれは、と、とまどう間もなく、巴陵の耳に青葉のあえぎ声が聞こえた。

『あ、あ、あぁ……っ。高室様、いい……っ。もっと、んっ……っ』

同時に、獣の姿勢で高室に貫かれ、背をそらす青葉の姿が見えた。

白い尻《しり》に、太い——巴陵のものではない——男根を咥《くわ》えて、気持ちよさげに青葉の陰茎がそり返り、先端からたらたらと蜜《みつ》を垂らしている。

『こんな、にっ。気持ちいいのは……初めて……、っ、あぁ……っ』

パンパンと小気味よく肉と肉のぶつかる音がして、そのたびに青葉が声をあげる。

青葉は目を閉じて、うっとりと高室の肉棒を貪《むさぼ》り、味わい、感じていた。

『あっ。もう、イく……。イっちゃいます。高室様ぁ……』

甘えた声を出して、青葉が身を震わせた。先端が白濁を吐き出すたびに、青葉の後孔がきゅうきゅうと高室のソレを締めつける。

淫靡《いんび》な光景だった。そして、巴陵の胸を切り裂く光景だった。

それでも、巴陵はその光景から目を離せずに、目を開き、青葉を見つめていた。

あれは……俺だけのものだ。

けれども、あんな声は、俺としてる時だって、出したことはねぇ。

高室には、あんな声を出すのか。高室との方が、気持ちいいのか。

だが、俺は……俺は……。

『あっ。高室様……中が、中が熱い……っ。んん……っ』

青葉が涙を流しながら、首を左右にふっている。

白い下腹は、今、高室の精を浴びているのだといわんばかりに波打っている。

高室のすべてを受け止め終えたか、青葉が切なげに吐息をつく。

そして。

『見てください、高室様。私の手に、高室様の念紋が。高室様の手には……私の念紋が。やっぱり、高室様が、私の本当の念者だったんですね』

喜びに満ちた声でいいながら、青葉が高室の手を握る。

青葉の右手と高室の左手には、念紋が浮かんでいた。

その瞬間、巴陵の頭が真っ赤に染まった。

「あぁあああ……っ」

我知らず、巴陵が絶叫していた。まさに、血を吐くような叫びであった。

「おうおう。悔しかろう、悔しかろうよ。儂もな、青葉にはずっと目をつけておったのだ。それを、由迦という者があるにもかかわらず、青葉にまで手を出すとは、なんと高室は強欲なのだろうなぁ」

悲しみと怒りに叫ぶ巴陵の耳に、不思議と源蔵の声はよく聞こえた。

「許せねぇ……。高室の野郎。青葉に……青葉を……」

俺から、奪いやがった。

「ほしいものがあれば、己の力で手に入れるのが天狗であろう？　そなたも天狗ならば、高室を殺して、ほしいものを奪うがよい。高室さえいなくなれば、青葉は、今度こそおまえを念兄に選ぶかもしれん」

それは甘い誘惑だった。そして、危険な誘惑だった。

毒を含んだ果実と知りつつ、巴陵はそれを齧《かじ》らずにはいられない。

「高室を……殺す。そして、青葉を取り戻す……」

「そうよ、それでこそ天狗！　大無間山の巴陵よ。だが、今のそなたにはその力はない。阿嘉の術がかけられておるからな。儂にも、阿嘉の術は解けない。だが、そなたの羽団扇なら、どうであろうかのう？」

血走った巴陵の眼に映ったのは、大無間山の秘宝、鳳扇であった。

源蔵は巴陵の縛《いまし》めを解くと、鳳扇を懐から取り出した。源蔵のさし出す鳳扇を、ぎこちない動きで巴陵が手にする。

――鳳扇よ、俺にかけられた阿嘉の術を解け！――

巴陵の声なき声に応《こた》え、鳳扇が阿嘉の術を瞬く間に解いた。

通力を取り戻した巴陵は、己の不安を忠実に映した幻影に惑わされ、完全に理性を失っていた。

青葉の様子を心眼で確かめることもなく、ただひたすらに、愛しい者を奪い返す復讐の鬼となっている。

「青葉、青葉……」

巴陵が立ちあがると、周囲を火の玉が舞いはじめた。虚《うつ》ろな目をした巴陵が、傀儡《くぐつ》のような足取りで歩きはじめる。

青葉は、どこだ。どうして青葉が俺の隣にいないのだ？

愛しい、愛しい青葉。

俺の念弟。魂の片割れ。永遠の伴侶《はんりょ》は、いったい、どこへ行ったのだ!?

「どこへ、青葉を隠したのだ。青葉を出せ!!」

叫びながら、巴陵が癇癪《かんしゃく》を起こしたように、炎で周囲を焼いていた。

「……さても上手くいったものだ。これで、御座山と大無間山は互いに山が滅びるまで争いあうであろう。……たかが蝦蟇の妖と侮られていた儂が、山をふたつ滅ぼすのだ……なんという快楽、なんという愉悦。青葉を手に入れられなかったのは残念だが、お釣りがくる結果というものよ」

炎の災厄と化した巴陵の背を見ながら、源蔵がにやりと笑った。そして、火事に巻き込まれては堪らないとばかりに、そそくさと本堂を出て行く。

取り残された巴陵は、青葉の名をつぶやきながら、周囲に炎を放ち続けた。

そうしようと思ってそうしているのではない。感情の高ぶりが、そのまま炎となって現れるのだ。

途中、巴陵は愛しい青葉と憎い高室の姿を見、言葉を交わした。信じられないことに、ふたりの手の甲には互いの念紋が浮かんでいた。

怒りが業火となってふたりを襲う。その後、なぜか巴陵の目からふたりの姿がかき消えてしまう。

見えるのは、己の感情が炎となって現出した焔だけだ。

まさしく火炎地獄の中で巴陵は、敵意を感じると、そこへ八つ当たりのように炎を放ち、歩み続けた。

しかし、それも終わる時が来た。金縛りの術をかけられたのだ。

金縛り……。なぜ、俺の邪魔をする。俺が青葉に会うのを、いったい誰が邪魔するのか。

眼球を動かし、金縛りをかけた者を探すが、巴陵の目には映らない。どこまでも、どこまでも、炎が揺れる燃える大地と赤く染まった空が見えるだけだ。

そこに、わずかに、涼やかな風が吹いた。

「巴陵様、俺の声が、聞こえますか？」

青葉の、声だ。

青葉がいる。近くにいる。

なのに、見えない。畜生め！　青葉。おまえはどこにいる？

会いたいのに、会えない。探しているのに、姿が見えない。ただ、涼やかな風にのり、遠くかすかに、青葉の声が聞こえるだけだ。

「青、葉……」

「そうです、青葉です。巴陵様。いったい、どうされたのですか？」

優しく気遣う声がする。

青葉は見えないのに、なぜか、巴陵の左手が小さな手に包まれる感触があった。

「おまえは……高室と……念者になったんだな……」

ぎこちなく、巴陵が答える。

答えた瞬間、快楽に溺《おぼ》れる青葉の姿がよみがえり、巴陵の全身が炎に包まれた。

「……っ。俺の念者は、あなたです。巴陵様。さあ、ちゃんと目を開けて。ご自分の手を……左手の甲をご覧になってください」

「嫌だ。どうせ、見ても何もねぇよ。俺は、がっかりするのは、もうたくさんだ！」

こどものように巴陵がわめく。

そうだ。失望するのは、もうたくさんだ。がっかりするのも、悲しいのも。

俺は、もう、嫌なんだ！

巴陵が心の中で叫ぶと、小さく悲しげなため息が聞こえた。

「ごめん、鳳扇。約束を破っちゃうね……」

青葉の声がしたかと思うと、次の瞬間、強烈なビンタが巴陵の左頬を襲った。

「……っ！」

まさか、この瞬間に張り倒されるとは、巴陵は予想だにしていなかった。

「いい加減、現実を見ろ！　この大馬鹿どスケベ天狗が!!」

驚愕する巴陵に罵倒《ばとう》が浴びせかけられ、続いて、腹部に蹴りが飛んできた。

油断していた巴陵には、とてつもない威力を発揮し、金縛りにかかっていた体が、そのまま後ろに吹っ飛んだ。

巴陵は受け身も取れず、まともに後頭部から地面に落ちた。その衝撃に、鳳扇が手から離れる。

激痛とともに、巴陵の視界が真っ暗になり、目の前に星がチカチカと瞬いた。

どこかで天狗や烏天狗の爆笑する声が聞こえたが、それを不快に思う余裕もない。

「……何すんだよ、てめぇは！」

怒鳴る巴陵の体に、青葉が馬乗りになって、連続してビンタを喰らわせる。

「痛っ。痛い！　いやもう、うっ。マジ、で……痛いっ、から……っ！」

訴える間も、ビンタはやまない。

こんなふうに、問答無用で張り倒されるのは、巴陵がまだ、半人前の小天狗だった頃、悪さをして、月波にお仕置きされた時以来だ。

「やめてくれぇ！　俺が、悪かった!!」

小天狗の時と同じように、巴陵が謝ると、ぴたりとビンタがやんだ。

その時、ぽつり、と空から雨粒が一滴落ちて、巴陵の額に当たった。

その一滴を呼び水としたように、瞬く間に、あたり一面が豪雨となる。

雨に濡れる巴陵の胸元が重くなり、白桃のようないい匂いがして、唇をふさがれた。

「……」

知ってる。この感触。柔らかくて、気持ちいい。これは……青葉の唇だ。

巴陵が目を閉じたまま腕を伸ばし、小さな体を抱きしめる。

そうして、さも当然というように、青葉の口に舌を入れ、甘い蜜の滴る柔肉を、思う存分堪能する。

本当に、こいつのベロは……たまんねぇよなぁ……。

どスケベ天狗の呼びかけに恥じることなく、巴陵が手を移動させ、口づけしながら青葉の尻を揉《も》みはじめる。

この尻は、俺のものだ。この唇も、この舌も。

青葉は全部、俺のものなのだ。

「高室なんかに、やれっかよ……」

唇を離し、そうつぶやくと、またしても頬を張り倒された。

「痛ぇ！　おまえ、いい加減にしろよな!!」

思わず目を開け、巴陵が叫ぶと、目の前にポロポロと涙を流す青葉の顔があった。

青葉はずぶ濡れになりながら、ひたと巴陵を見据える。

「……俺がっ、高室様の念者になってたとしたら、あんたにこんなこと、するわけないだろう！　黙って尻を揉まれてやったのも、あんただからだ!!」

そう怒鳴り返すと、青葉が目元をぐいと擦った。

青葉の白衣は、ところどころ焼け落ちて、肌には火傷を負っていた。天狗でなかったら、のたうち回るほどの痛みに襲われているはずだ。

「……青葉……。おまえ、随分とボロボロだな。いったい、どうした？」

「どうしたって……。全部、あんたがやったんだよ！　覚えてないのか？」

またしても右腕を振りあげる青葉の手首を、正気に返った巴陵が左手でつかむ。

「もう、その手は食わねえ。おまえのビンタは強烈だった。……いや、強烈すぎだ」

そういいながら、巴陵が触れた左手から青葉に癒しの気を送る。

恐る恐る青葉の右手の甲を見ると、自分の念紋が、確かにそこにあった。

……あぁ………。

そして、続いて青葉の手首をつかむ自分の手の甲を見ると、今までなかった、瑞々《みずみず》しい二枚の葉を意匠とした念紋が浮かんでいた。

「これ……。これは……。え？　いったい、なんで、どうして⁉」

驚きのあまりうろたえる巴陵に、青葉が胸をそらしていった。

「喜べ。俺の念紋だ。……念紋は、両羽根が揃ってないと、出せないんだよ。だから、俺が、どんなにあんたが好きでも、片羽じゃ出なかったんだ！」

「そうか……。おまえの念紋が出ないのは、高室が好きだからじゃなくて、右羽根が使えなかったからなんだな。そうか、そうだったのか！」

真実を知り、一拍遅れて、巴陵の全身を喜びが襲う。

弾《はじ》けるような笑顔を浮かべた巴陵に、青葉が抱きつく。

「やっと、笑った……。俺の大好きな、笑顔だ……」

「なんだ、おまえ。俺の笑顔が好きだったのか？」

乱れた髪を撫でながら、巴陵が尋ねる。

「うん。最初に会った時から、好きだった。なんて素敵な笑顔だろうって……。俺、今にして思えば、あんたに一目惚れだったんだよ」

「そりゃいいな。俺も、随分とイキのいい小天狗だと、おまえのことが気に入ってたから……やっぱり一目惚れしてたんだぜ」

滝のような雨に打たれながら、ふたりがしっかと抱き合った。

触れる体――いや、念紋――から、青葉の想いが伝わってくる。

大好き、というまっすぐな想いを注がれて、内心で深く巴陵がため息をつく。

あぁ……、これが、青葉の気持ちか。俺を好き、という感情か。

それは、雨あがりの虹のように美しく、雲ひとつない空のように広々として、夏の真っ白い入道雲のように純粋だった。

綺麗なもんだ。そして、爽《さわ》やかで……感じるだけで、嬉しくなっちまう。

念者となった天狗は、どちらか、または両方が消えるまで番《つが》うことが多いが、その理由が、巴陵にはわかった気がした。

念紋が出るほどの愛情を直接感じてしまえば、相手の愛情を疑う余地もなく、自分もまた同じように愛を返してしまう。

そして、愛しい、という想いがふたりの間で行きかい、混ざりあい、それはもっと大きな愛へと育つのだ。

胸が喜びに熱くなり、全身は、蕩けるような心地よさに満たされて。

「念者ってのは……いいもんだなぁ……」

噛みしめるように巴陵がつぶやく。

「俺も……そう思う。前よりずっと、巴陵様の想いを感じる………」

本堂や宿堂も、さしもの雨に火勢が衰えている。

こうして、巴陵の起こした騒動は、鎮火をもって収束へと向かったのであった。


正気に返った巴陵は、すぐさま大無間山に御座山の烏天狗を使者として送った。

月波たち天狗全員と、通力の強い烏天狗が十羽やってきて、まずは負傷者の治癒にあたった。

御座山の被害は、本堂が全焼、そして宿堂は半焼。負傷者は、天狗では由迦が重症で、烏天狗に重症が十二羽、中傷の天狗が八羽であった。

負傷者の治癒がひと段落ついたところで、巴陵は高室の庫裏に呼ばれた。

正面には高室、隣に月波が座っている。

「では、巴陵。どうしてこんなことをしでかしたのか、事情を説明なさい」

月波が満面の笑顔で問う。

が、その笑顔の下には鬼がいるのを、巴陵は物心ついた時から知っている。

正直に覚えている限りのことを話すと、すぐさま高室が烏天狗に源蔵を探させた。

しかし、御座山にも、結界外の洞窟にも源蔵の姿はないとの報告があった。

まんまと源蔵に逃げおおせられたとわかり、高室が苦い顔をする。

「結局、あの蝦蟇の妖によって、我らはいいようにふり回されたということか……」

「……俺は、その侮りが、そもそもの原因だったんじゃねぇかと思う。あの蝦蟇の爺さんは、本当は青葉の――天狗の――念者になりたかったんじゃなくて、天狗に、認めてもらいたかったんだ。蝦蟇の妖でも天狗と同じくらい、すごい奴がいるってな……。実際、大天狗のこの俺を痺れさせる痺れ薬や、いいように操る香や術は、そりゃあ、たいしたもんだった」

「……私が、あの蝦蟇の扱いを間違っていたと？」

巴陵の言葉に、高室が冷ややかに返す。

「いいや。天狗ってのは、基本的に、ほかの妖を見くだすもんだ。……問題は、あの爺さんが、ここ、に……御座山や天狗に固執したことだろう。別の山でも、天狗以外の妖や眷属のいるところへ行ってもよかったんだ。まあ、こだわりってのは、そう簡単に捨てられるもんじゃねぇし、捨てちゃいけない場合もあるから、一概にはいえねぇけど」

巴陵が肩をすくめる。そして、その言葉は、高室の心に、一石を投じたようだった。

「こだわり……か。私は、由迦の念紋をこの身に受けながら、頑《かたく》なに水珠を——結寿《ゆず》——だけを一番に思い続けていた。これもまた、こだわりであったか……」

「大天狗のありようは、そのまま、山の気や天狗どもに影響するからなぁ。あの蝦蟇の爺さんをはじめ、御座山の奴らのこだわりが強くてもしょうがねぇよ。そういやぁ、青葉の奴もすごい頑固でなあ……。でも、青葉のまっすぐで正義感の強いところは、あんた譲りだ。俺は、そういうの、嫌いじゃねぇよ」

「そうか。……嫌いでは、ないか」

高室が、重荷をおろしたように、ふっと笑った。そこへ、月波が割って入る。

「ボクも、悪くないと思いますよ。みながみな、大無間山の天狗のようであったら、それはそれでつまりませんからね。さて、それはそれとして、このたび御座山が被った被害は大変なものです。大無間山としても、できることはいたしましょう。まずは、怪我をした烏天狗たちを、大無間山にお招きいたします。幸い、巴陵坊には温泉がありますからね。温泉に浸かり、ご馳走を食べて、巴陵が癒しの気を送ることで、きっと治りも早くなります。ほかにも、焼けた本堂や宿堂の再建にも巴陵が力を貸します」

　本人をさしおいて、さっさと月波が補償について話をはじめる。

「ちょっと待てよ。俺の意向は？　それって、俺の坊を宿泊施設にするってことだよな？その間、俺は、どこで寝泊まりするんだ？」

「黙りなさい！　巴陵はその間、反省の意味も込めて、夜は烏天狗たちと一緒に寝るのです。誠心誠意、御座山のみなさんにお仕えする以外、償う道はありません」

「わかったよ………」

　月波にぴしりと叱られて、巴陵が不承不承であったがうなずいた。

「巴陵坊には、私と由迦と青葉も行ってよいだろうか。由迦も青葉も傷が深い。そして、ふたりの傷は、私が、癒したいのだ」

「いいですねぇ。親子三人、水入らずで湯治というのも、乙なものですよ！」

「いや待て。天狗に親子はないから！　そうじゃなくて、青葉の治癒は俺がする！」

　高室の言葉に、月波が嬉しげに賛同し、巴陵が突っ込みを入れる。

　念者となったばかりのかわいい念弟の治癒をするのは自分だと主張する巴陵に、月波がにっこり笑っていった。

「巴陵には、烏天狗たちの治療があるでしょう?」

「…………」

「青葉の治癒にかまけて、巴陵が負傷させた烏天狗たちの治癒がおろそかになってはいけません。自分の不始末の尻拭《しりぬぐ》いは、自分でなさい。それに懲りたら、二度と今回のようなことを起こさないていどには、大天狗の自覚も備わるでしょうからね」

月波の言葉が凶器となって、巴陵の心に突き刺さる。

「……もしかして、月波、ものすごく怒ってる……のか?」

「当然です! 高室様の前だから加減していますが、ここが大無間山だったら、今頃、尻叩きの刑にしてます」

「この年になって、尻叩きは勘弁してくれ……」

月波は、やるといったら、絶対にやる天狗だ。それを骨身にしみてわかっている巴陵は、黙って罰を受け入れる以外ない。

そうして、巴陵坊に二十羽の烏天狗たちがやってきて、大無間山の烏天狗たちがその饗応にてんてこまいすることになった。

高室も由迦と青葉を連れて巴陵の寝間に居所を定め、温泉とご馳走に舌鼓を打つ。

「温泉も、ご馳走も、よいものだな……」

酒泉の酒を飲みながら、ほろ酔い気分でつぶやく高室は、以前の高室とは変わっていた。

そして、そんな高室のそばにいて、由迦も幸せそうである。

烏天狗たちの傷が癒えたところで、巴陵は高室とともに山をおり、本堂と宿堂の再建に必要な資材の調達に走り回る。

支払いは巴陵もちで、里の拠点に運ばせた資材を、通力を使って夜中こっそり御座山に運ぶのも、巴陵の仕事だ。

朝日が昇ると、御座山と大無間山の天狗と烏天狗たちが、協力して本堂と宿堂を建ててゆく。

ついでに、大無間山の温泉を気に入った高室が「宿堂に、源泉かけ流しの大浴場を作りたい」といい月波が賛同したことで、宿堂に大浴場ができた。おまけとばかりに高室は、庫裏の庭の一角に露天風呂を作る計画をたてる。

源泉は、水珠の力を使えばいくらでも湧いてくるので、やりたい放題だ。

そして、以前にもましてなかよくなった両山の天狗たちであったが、その中に、阿嘉の姿はない。

阿嘉は、高室に嘘をついたことを咎《とが》められ、しばらくの間謹慎となった。しかし、由迦の裏切りを許し、己の不徳のいたすところと、あますことなくすべてを公にした高室に何を思ったか、阿嘉は御座山を出奔したのだ。

巴陵がそれを聞いたのは、一日中通力を使って大浴場を作り、へとへとになって烏天狗のたまり場に戻った時のことであった。

そこは、山の気が溢れ、木々が大きく育ち、水場も近い。大木の幹に寄りかかって寝るとそれだけで元気になる、なかなか天狗にとって居心地のよいところなのだ。

寝床に定めた一番の大木の梢《こずえ》に巴陵が座ったところで、由迦がやってきた。

晴れて高室と念者となった由迦は、髪こそ短くなっていたものの、以前にもまして艶々のピカピカで、とても幸せそうであった。

「阿嘉は、かつての高室様に〝自分の理想〟を、見ていたんだよ。無私で公平、禁欲的でいつも正しい高室様をね……。今の高室様は変わった。僕にはいい方に変わったけれど、阿嘉にとってはそうではなかったようだね」

由迦は、阿嘉の出奔の理由をそう語った。

「だから、水珠が消えた時、阿嘉は、僕を嘘をついてでも庇った……。完璧《かんぺき》な高室様の念弟が、盗人だなんて、あってはならないことだから。僕は、そう考えている」

「それだけか？」

疲労困憊《こんぱい》の上、寝不足でふらふらしながら、巴陵が由迦に問い返す。

「阿嘉は、おまえのこと好きだったんじゃねぇかなあ……。好きだから庇ったたって考える方が、俺としてはすっきりしてわかりやすいんだが」

「僕と阿嘉とは、あまりそりが合わなかった」

「そりゃ、好きな子を、つい、いじめちまうっていうアレじゃないか。どうあったって、おまえは高室に惚れてるんだし、叶わぬ恋だからこそ、憎らしくもあったのかも」

由迦は、巴陵の言葉に納得できないという顔をしていた。

巴陵は、別にどっちでもいいと思っている。それよりも、今はとにかく、眠い。

「用はそれだけか？」

「いいや。……こっちが本題。青葉のことだよ」

「阿嘉なんぞより、そっちを先にいえ！」

青葉の名を聞いて、一瞬で巴陵の眠気が覚めた。

「高室様はもちろん、僕も手を尽くしたけど……青葉の右羽根は、治らない」

眉をひそめ、悲しげに由迦がいった。

「青葉は、そのことは、知ってるのか？」

「知ってるよ。……さっき、高室様の口から告げた」

巴陵は無意識に左手の甲に触れた。そこに浮き出た念紋から、青葉の感情を読み取った。だが、青葉はあまり悲しそうではなかった。

しかし、巴陵に会いたいという、切ない想いは伝わってきた。むしろ、それればかりが伝わってくる。

こいつは……まったく、本当に芯の強い奴だ。

思わず巴陵が苦笑する。

「青葉は、そこまでこたえちゃいねぇよ。俺に会いたいって、そればかりだ」

「そうなの？　……こっそり会わせてあげたいけど、御座山が元通りになるまで青葉に会わせないっていうのは、高室様と月波が巴陵に与えた罰だからねぇ……」

「俺が罰を受けるのはいいけど、とばっちりを食らった青葉がかわいそうとか思わないか？　こういう時こそ、念兄として、かわいい念弟を慰めたいんだが」

ここぞとばかりに巴陵がいうと、由迦が笑顔で口を開いた。

「その分、高室様と俺で、たっぷり甘やかしてるから大丈夫。それで、高室様から提案なんだけど……」

由迦が、周囲で聞き耳をたてる烏天狗をはばかるように、巴陵の耳元に口を寄せた。

「……なるほど、そりゃいいな！　きっと青葉も喜ぶだろうよ」

「よかった。巴陵が賛同してくれて。今の青葉は大無間山の天狗だから、僭越《せんえつ》だって反対されるんじゃないかと、高室様は心配なさってたんだ」

「なんでだよ。青葉が喜ぶってわかってるんだ。賛成するに決まってるだろう」

「うん。でも……ありがとう。巴陵が青葉の念兄でよかったって、心から思うよ」

由迦が半泣きの笑顔を浮かべた。

あの子が飛べなくなったのは、元はといえば、僕のせいだから……。あの子のためにできることは、なんでもしたい。なんでもしなくては、いけないんだ。

半泣きの表情が、雄弁に物語っている。

由迦にとって、青葉の羽根は罪の証だ。自分が取り返しのつかないことをしたと、この世から消えるその日まで、背負う重荷なのであろう。

それはたぶん、高室も同じ……なんだろうなぁ。

巴陵から目当てのものを受け取ると、由迦は朗報とともに高室のもとへと飛んでゆく。

そして、ひとりになった巴陵は月を見あげて青葉を思う。

早く会いてぇなぁ……。

そうして左手の甲に口づけし、目を閉じた。


青葉は巴陵に会いたいと、ただ、そればかりを考えて日々を過ごしていた。

巴陵を操っていたのは源蔵と、巴陵坊に移動してから、高室から教えられた。その上で、高室が源蔵の青葉に対する恋情は隠して事情を説明したため、青葉は不要に思い煩うことはなかった。

青葉は、ただ悲しく、そして行方をくらました源蔵に会うことがあれば、今度はもっと優しくしたいと、そう思うばかりであった。

それはそれとして。

「巴陵様が御座山の烏天狗を治療したり、本堂や宿堂の再建をするのはわかります。でも、どうして俺が巴陵様と会ってはいけないんですか！　それに、心話も禁止なんて」

高室によって巴陵坊の寝間に連れてこられた青葉は、憤然と高室と月波に抗議した。

「それが、けじめというものです。今の巴陵は、御座山のみなさんに反省してますって行動で示さないといけない時なのですよ」

「青葉は寂しいだろうが堪《こら》えてほしい。その分、私と由迦がおまえの相手をしよう」

以前より柔らかな笑顔を浮かべながら高室が青葉をなだめる。

正直、念者となったばかりの由迦と高室と、狭い寝間で顔をつきあわせているのは、青葉にとって辛い状況だった。

とにかく、ふたりの雰囲気が甘い。ゲロ甘なのだ。

もちろん、由迦も高室も、公然といちゃついたりはしない。しかし、そこはかとなくかわす会話が、まなざしが、ふたりの世界を作っていて、居心地悪いことこの上ない。

俺……どう考えても、お邪魔虫なんだけど。巴陵様に会えないことより、このふたりの間に挟まって過ごさなきゃいけないことの方が、辛いかもしれない。

とはいえ、そんなことを考えていたのは最初だけで、青葉は、ふたりをひとりじめできる、初めての——そして最後であろう——時間を、満喫するようになっていた。

「高室様！　このお菓子！　すっごく美味しいです。ガトーショコラっていうんですって。由迦様、こっちのマドレーヌっていうのも、美味しいですよ！」

由迦から〝青葉はお菓子が大好き〟という情報を得て、大無間山の天狗たちは——巴陵に会えない寂しさを慰めようというように——、次々と人の子の作る菓子を有名店からお取り寄せしては、青葉へさしいれていた。

自然、巴陵の寝間に大無間山の天狗たちも集まって、両山の天狗たちがなごやかにお茶を飲むことになる。

「おうおう、青葉、上機嫌じゃな。どうだ、儂と天狗相撲をとろうではないか！」

「それはお断りします」

バターたっぷりのフィナンシェを頬張りながら、笑顔で青葉が即答する。

「翔伯殿、天狗相撲であれば、わが山の烏天狗たちも好んでおります。どうでしょう。御座山に行き、烏天狗たちに稽古《けいこ》をつけてやってはくれませんか？」

「なんと！　それはよきことを聞いた。いざ、いざ、参ろうぞ!!」

高室の言葉に脱兎《だっと》のごとく翔伯が寝間を出て行き、あとに残された天狗が爆笑する。

夜ともなれば、念者に会えない青葉の羽繕いを由迦がして、その間、高室が青葉の右羽根に治癒の気を送る。

そんなふうに日々が過ぎ、もうそろそろ本堂と宿堂が完成するという頃になると、青葉は高室から真剣な顔で「話がある」と、告げられた。

巴陵坊の寝間でふたりが正座して対峙する。その時、由迦は席を外していた。

「おまえの右羽根は、これ以上はよくならない」

厳しい高村の顔を見ながら、青葉は心の中で、あぁ、やっぱり、とつぶやいていた。

なんとなく、予想はしていたことだった。

青葉の右羽根は、どれほど高室が治癒の気を注ごうが、傾いだままだったから。

「……それもこれも、私のせいだ。私が、おまえに呪をかけたから……。この償いは私の一生をかけてでも、するつもりでいる。本当に、すまなかった」

高室が畳に手をつき、青葉に頭をさげた。

あぁ、そうか。俺は、もう二度と、前みたいに、自由に空を飛べないんだ。

そして、自由に飛べない俺は、一人前の天狗にもなれないんだ……。

羽団扇をもらって、たくさんの術を学ぶことも、一人前の証に鈴懸《すずかけ》を着ることも許されなくなってしまった。消えるまで、ずっと半人前だ。

悲しいけど……しょうがない。もう、そうなっちゃったんだから。

諦めるのではなく、受け入れるしかない。

心にぽっかりと穴が開いたようであるが、自然と青葉はそう思えていた。

「高室様、頭をおあげください。確かに前のように飛べなくても、通力は元通りに使えるようになったし、この辺をぷいぷい飛ぶくらいなら問題ないですし……。むしろ、ここまで治してくれて、ありがとうございました」

頭をさげたままの高室に、今度は青葉が頭をさげる。

心からの青葉の言葉は、高室にも伝わったようであった。

ふたりは同時に頭をあげ、高室が青葉をじっと見つめる。

「おまえは、強い子だ。そして、優しい子だ。できれば、この先もずっとおまえのそばにいて、見守っていたいのだが……。おまえは、大無間山の天狗になるのだったな」

「はい。巴陵様のおそばにいます。巴陵様のことが、大好きなんです」

そっと青葉が念紋に触れた。

青葉に会いたい。青葉が恋しいという巴陵の感情が伝わってきて、青葉が微笑んだ。

今頃、巴陵様はどうしているんだろう。俺も、会いたい。巴陵様に会いたい。

あぁ、そうか……。俺にとっては、前みたいに飛べないことより、巴陵様に会えないことの方が辛いんだ。

「……巴陵に会いたいか?」

高室の問いに、青葉が切なげな顔でうなずく。

「明日、宿堂が完成する。巴陵の禊《みそぎ》も、これで終わりだ。夜には、ささやかではあるが大無間山の方々も招いて祝宴を開く予定でいる。巴陵とは、そこで会えよう」

「本当ですか！」

「あぁ。この十日というもの、巴陵は御座山のため懸命に働いてくれた。巴陵に隔意を抱いていた天狗や烏天狗どもも、認めざるをえないほどに。しかたのないこととはいえ、おまえにも辛い思いをさせてすまなかった」

「いいんです。……俺は、御座山のみんなも、大無間山のみんなも大好きなんです。だから、これをきっかけに前と同じように……いえ、前よりずっと両山がなかよくなったなら、これ以上のことはありません」

青葉の言葉に、高室が目を細めた。

「……おまえは、本当にいい天狗に育った。明日の祝宴は、よいものにしないと」

「俺もお手伝いします。みんなが楽しく過ごせるよう頑張ります」

「あぁ、そうだな。青葉には、大事な役を用意しているから」

意味ありげに高室が微笑んだ。

俺に大事な役って……なんだろう？

小首を傾げながらも、青葉は、明日には、とうとう巴陵に会えるという期待で胸がいっぱいになっていた。

そして翌朝、大無間山は烏天狗たちが大わらわで祝宴の準備に追われていた。

「御座山での祝宴には、大無間山の烏天狗たちにも、ぜひお越し願いたい」という高室の申し出に「では、こちらからも祝いの品として、料理と酒を持参します」と、月波が答えたからだ。

　自分の口に入るご馳走を作るとなれば、烏天狗たちにも気合が入る。

　巴陵坊をはじめとして、大無間山のそこかしこからいい匂いが立ちのぼり、酒泉からは大量の酒が御座山へと運ばれる。

「通力も戻ったし、御座山までなら飛べるし、酒や料理を運ぶ手伝いをしようか？」

　祭りを控えた独特の華やいだ雰囲気に、青葉が烏天狗の松枝をつかまえて申し出る。

「青葉様のお手を煩わせるようなことは、ありませぬ！　それよりも、巴陵様の寝間でおとなしくしていただきたい」

「でも、高室様も由迦様も、祝宴の準備のために御座山に戻ってしまったから、俺、ひとりぼっちであそこにいても、退屈なんだけど」

「若葉！　青葉様が退屈なされている。話し相手を務めよ」

　松枝の声に、近くにいた若葉がやってきた。

「さあ、青葉様。寝間へ参りましょう」

　たおやかな烏天狗に誘われて、青葉は渋々と厨から寝間へと移動した。

「なんだか、今日はみんなよそよそしいっていうか……。高室様と由迦様は、さっさと御座山に帰っちゃったし、月波様たちも姿が見えないし。……翔伯様は、ずっと御座山で相撲をしっぱなしだけど」

「みなさま、お忙しいのでありましょう」

巴陵の寝間を整えながら、若葉が答える。とはいっても、高室も由迦も寝間を掃除してから出て行ったので、すぐに終わってしまった。

「さあ、青葉様。羽繕いをいたしましょうか。そのあとは、お着替えを手伝います。今日はお祝いですから、巴陵様の念者として恥ずかしくない装いをしないと」

「そういうものなの？」

若葉に手招きされるまま、座布団に座った青葉が尋ねる。

「そういうものでございます。それに、十日ぶりに巴陵様にお会いするのですから、一番きらびやかな姿の青葉様を見ていただきましょう」

「わかった」

巴陵様なら、俺がどんな姿をしてても気にしないと思うけど、でも、どうせなら巴陵様を驚かせてみたい。

「……そういえば、若葉は、巴陵様のこと……もういいの？」

若葉の羽繕いに身を任せながら、青葉が尋ねる。

「まだ、お慕い申しております。しかしそれは、大無間山のほかの烏天狗と同じようにです。人の子の言葉でいえば、俺の推しが今日も尊い、という感じでしょうか」

大無間山の者たちは、時々、青葉には意味不明な言葉を使う。

「それって、俺が高室様を好きなのと、同じような感じかなあ。巴陵様に対して、恋愛感情は……もうないの？」

「完全に……とはいえませんが。巴陵様には、青葉様と幸せになってもらいたいと、心から思います。それに、松枝が、前にもまして、よくしてくれますし」

「松枝にも、羽繕いしたの？　若葉は羽繕いが上手だし、きっと、喜んでるよね」

それには、若葉は答えず、小さく笑っただけだった。

ゆったりと時間をかけて羽繕いを終えると、次は着替えだ。白衣と唐紅の地に金糸で鳳凰の模様が入った鈴懸と袴が運ばれて、青葉が目を丸くした。

「鈴懸って、一人前の天狗が着る衣装だよ！　半人前の俺が着ていいの⁉」

「巴陵様の念者ですから、問題ありません。急なことでしたから、巴陵様が昔着ておられた衣装をご用意しましたが、いずれ、青葉様にも新しい鈴懸をお仕立てします」

「うわぁ……。ありがとう！　楽しみだなぁ！」

喜びのあまり、青葉が鈴懸を抱きしめると、ほんのり巴陵の匂いがした。

もうちょっとで、巴陵様に会えるんだ……。

生まれて初めての衣装を着ると、今度は髪を梳くことになった。最後の仕上げに椿油《つばきあぶら》を塗ると、いい匂いがした上に、緑の黒髪にいっそう深く艶がでる。

髪をひとつに束ね、最後に頭襟《ときん》を被せられた。

姿見で着飾った姿を見て、青葉が歓声をあげる。

「……こんなにすごい恰好《かっこう》、由迦様でもしてるのを見たことないよ！」

「御座山の方々は、万事に控えめですから。大無間山は、こういう時は、思い切り着飾るのですよ」

「そうかぁ……。確かにこういうのって、山によって違いはありそうだね」

若葉の説明にふんふんと青葉がうなずいていると、月白《げっぱく》の地に青海波の織地の鈴懸と袴を身に着けた月波が寝間に顔を出した。

「青葉の支度も終わったようですね。とてもよく似合っていますよ。ボクらも準備は整いましたので、御座山へと向かいましょうか」

月波に誘われ、寝間の縁側でいつもの一本下駄にはきかえ庭に出た。

庭には、煌《きら》びやかな網代輿《あじろごし》が用意されていた。

「さあさあ、青葉はこれに乗って。万事、松枝と若葉に任せなさい」

月波に背を押され、青葉が後ろから屋形に乗る。松枝と若葉を含めた四羽の烏天狗が轅《ながえ》を持ち、ふわりと輿が宙に浮いた。

輿は空を飛び、一直線に御座山へと向かう。

あぁ……いよいよ、巴陵様に会えるんだ。巴陵様は、今の俺を見て、どんな顔をするのだろうか？　綺麗っていってもらえるといいんだけど。

巴陵に会える期待に、青葉の胸が高鳴る。

移動する間に日が傾いて、御座山に出迎えの篝火《かがりび》が焚《た》かれた。薄闇に揺れる炎の美しさに、青葉が息を呑む。

そうして、木の香もかぐわしい建ったばかりの本堂の前に輿が着地する。

輿から降りた青葉を、淡藤色の鈴懸姿の由迦が出迎えた。

「青葉。とても綺麗だ。見違えたよ」

「すごく派手で……ちょっと、恥ずかしいです」

「青葉は今日の主役だからね。それくらいでちょうどいいんだよ」

「主役？　今日は、本堂と宿堂が新しくなったお祝いですよね？」

青葉が小首を傾げると、「まあまあ、巴陵が本堂で待っていますよ」と、月波に声をかけられた。

由迦と月波が青葉の両脇に並び、三人が本堂に足を踏み入れる。

本堂の厨子《ずし》の前には護摩壇が置かれ、その前に、深縹《こきはなだ》の鈴懸を着た高室と金色の鈴懸を着た巴陵がふたり並んで立っていた。

青葉の目が、十日ぶりに見る巴陵の姿に釘《くぎ》づけとなった。

巴陵は、少しやつれていたが、満面の笑みを浮かべている。金色の瞳は、なにか悪だくみをしているかのように、イキイキと輝いていた。

「巴陵様！」

そう大声で愛しい人の名を呼ぶと、青葉が巴陵の胸に飛びこんだ。

「巴陵様、会いたかった！」

「俺もだ。かわいい青葉。俺の……念者」

巴陵がしっかと青葉の体を抱いて、そのまま顔を寄せてきた。青葉は目を閉じ、唇が触れるのを待つ。

柔らかな重ねるだけの口づけに、青葉の胸が満たされる。

巴陵と会えなかったのは、たった十日。その間、念紋を通じて心は通いあってはいたが、それでも長すぎるほどに長い時間であった。

巴陵様が大好きだ。好きで好きで……好き以外、言葉にならないくらい、好きだ。

そっと青葉が舌で巴陵の唇を舐《な》めると、巴陵が舌を突き出して応えた。

舌の熱を感じた瞬間、ぺしん、と、小気味いい音がした。

月波が飛びあがり、やる気まんまんの巴陵の後頭部をはたいたのだ。

「これ！　そこから先は後にしなさい！」

「そうだよ。巴陵も青葉も……気持ちはわかるけど、もうちょっと待てないかなぁ」

月波と由迦にかわるがわる窘められて、巴陵と青葉が小さくなる。

「さて、そろそろはじめようか。巴陵殿、こちらに」

渋い顔で高室が巴陵を呼び、青葉がふたりの大天狗を前に立つことになった。

いつの間にか、青葉の背後には右手に御座山の天狗が、そして左手には大無間山の天狗が並んでいる。

天狗たちは色とりどりの鈴懸を身に着け、笑顔で青葉を見ていた。

みんなが俺に注目してる。それに、どうして本堂に集まるんだ？　宴会なら宿堂でやるものだろうに……。

青葉がどういうことかと、まなざしで巴陵に問いかけるが、ニヤニヤ笑いを返されるだけだ。そして、高室は神妙な顔で口を開いた。

「これより、青葉を成人したと認め、天狗とする儀式を行う」

「……えっ！」

驚きのあまり、青葉の羽根がぴょこんと動いた。

「だって、俺……羽根がこうですし、一人前の天狗になるなんて、そんな……」

「通力が使えるし、飛べるのだから問題ない、と、私は判断した」

「そうそう。おまえは水珠も鳳扇も使える稀有《けう》な天狗だ。十分、一人前だよ」

とまどう青葉に、高室と巴陵がかわるがわる声をかける。

そうして、高室が真新しい数珠を青葉の首にかけた。

「私と由迦とで、おまえが一人前の天狗になった時のためにと、かねてから用意していたものだ。こうして、おまえに渡すことができて、本当に嬉しく思う」

「ありがとうございます！」

青葉が数珠を触りながら、嬉しげに頭をさげた。そして巴陵が口を開く。

「次は、一人前の天狗となったおまえの名前だな。青葉ってのは、小天狗の名前だから。これからのおまえは、鳳珠《ほうしゅ》だ。鳳扇と水珠を使えるから、その両方から一字ずつもらった。これは、俺と高室で相談して決めた名だ」

「鳳珠……。とてもいい名前です！　ありがとうございます。巴陵様、高室様！」

「両山の宝物の名をいただいたのだ。それに恥じぬよう、努めなさい」

「鳳《おおとり》のように、でっかい天狗になれよ！」

大天狗が、それぞれの言葉で青葉――鳳珠――を寿《ことほ》ぐ。次に、由迦が歩み出て絹布を高室にさし出した。艶やかな練り絹には、たいそう立派な羽団扇がのっていた。

真新しい羽団扇を手に取り、高室が神妙な顔で口を開く。

「これは、大無間山と御座山、すべての天狗の羽根を一枚ずついただいて作った羽団扇だ。この、ふたつの山の天狗の羽根が揃った羽団扇を、おまえに授ける」

「大天狗の羽根が二枚も入った羽団扇なんて、貴重も貴重、それこそ、日本三大天狗かそれに匹敵する爺《じじい》どもしか持ってないお宝だ。大事にしろよ」

羽根は、天狗の通力の源だ。羽団扇に使われる羽は、天狗の羽根の中でも強い力を持つ羽が使われる。羽の枚数が多いほど羽団扇の力が強くなり、鳳珠のためにと作られた羽団扇は通常の倍もの羽が使われていた。

しかも、そのうちの二枚が大天狗の羽なのだ。

「……！　そ、そんなすごいもの、もらっちゃっていいんですか⁉」

羽団扇から目が離せないまま、鳳珠が尋ねる。

「くれるっていうんだから、遠慮なく、もらっておけばいいんだよ」

「みな、おまえを好きなのだ。だからこれは、みなからのおまえへの贈り物なのだよ。感謝して、厚意を受け取りなさい」

「……はい！」

鳳珠となった青葉が、高室の手から羽団扇を受け取った。

羽団扇から、暖かな波動――みなの想い――が伝わり、鳳珠の目頭が熱くなる。

「巴陵様、高室様、ありがとうございました。そして、みなさまも、俺のためにありがとうございました！」

まず大天狗に頭をさげ、そして鳳珠はふり返り、ほかの天狗たちに頭をさげた。

「おめでとう、鳳珠殿」

「おめでとう」

「これはめでたい。祝いに天狗相撲だな」

「これからも、よろしく頼む」

「巴陵を懲らしめる術を、ボクがたくさん、教えてあげますからね」

嬉しさに涙ぐむ鳳珠に、両山の天狗たちが、祝いの言葉を口にする。

俺は、一人前の天狗になれたんだ。みんながそう、認めてくれたんだ。

それがなにより、鳳珠は嬉しい。

「それじゃあ、儀式はおしまいだ。次は、お楽しみの宴会だ。宿堂に移動するぞ！」

巴陵のかけ声に、ぞろぞろと天狗たちが本堂を出て行く。

「じゃあ、高室。あとは頼んだ。俺と鳳珠は、一足お先に失礼する」

「乾杯の音頭くらい、していってはどうだ？」

呆れ顔で高室が返すと、巴陵がチチチと舌を鳴らして指を左右にふった。

「宴会よりも、大事なことがある。おまえも、いっぺん念者と十日も会わないでいれば、俺の気持ちもわかるだろうよ」

「……勝手にしろ」

高室が肩をすくめて返す。つまりは、あとは引き受けた、という意味だ。

巴陵が鳳珠の手を握り、本堂を出た。そうして、巴陵が鳳珠を抱きあげ、勢いよく羽根を羽ばたかせる。

「一気に巴陵坊まで飛ぶ。しっかりつかまってろよ！」

「はい！」

巴陵の胸に抱かれて鳳珠が元気よく応じた。全身に風を感じたと思ったら、次の瞬間には、本堂や網代輿とそこに控える烏天狗たちが、はるか下方に見えていた。

「あぁ……すごい」

鳳珠を抱いたまま、巴陵がぐんぐんと空を飛ぶ。

まるで、自分で空を翔けているかのように感じる。

「俺……、右羽根が元通りにならないってわかった時、確かにがっかりしたんですけど、そこまで悲しくなかったんですよね……。どうしてかなって思ってたんですけど、その理由がわかりました」

「どうしてだ？」

「巴陵様と飛んでいると、俺は、自分の羽根で飛んでるみたいって前にいいましたでしょう？　だから、俺が飛びたくなった時は、今みたいに、巴陵様に抱えて飛んでもらえばいいから、です」

「そりゃあいいな」

鳳珠の言葉に、巴陵がカカカと笑った。

「これから、俺が飛びたくなった時は、一緒に、飛んでもらえますか？」

「もちろんだ。おまえが飛びたい時は、きっと俺も飛びたい時だ。なにせ俺たちの心は、つながってるんだからな！」

弾む声でいうと、巴陵が再び空を急上昇した。それから、くるりと一回転して、今度はゆっくりと巴陵坊へめがけて飛んでゆく。

大無間山は烏天狗も出払っているため、山全体がひっそりと静まり返っていた。

「……静かな大無間山ってのは、初めてだな。これはこれで悪くはないが、暗すぎて、興ざめだ」

巴陵がつぶやくと同時に、鬼火が現れ、周囲をほのかに明るく照らす。巴陵は鳳珠を抱いたまま縁側から寝間に入ってしまう。

「巴陵様！　土足、土足!!」

「おまえ、くだらねぇこと気にするんだなぁ。……わかったよ」

巴陵は鳳珠を抱いたまま下駄を脱ぎ、足で庭に蹴り出した。

「おまえの下駄は、俺が脱がすが……。その前にその姿をじっくり見るとするか。その衣装は、俺が羽団扇を受けた時に着たものなんだ。懐かしいなぁ……」

「巴陵様が一人前になった時の衣装、ですか？」

「支度を終えて、儀式がはじまる前に、その辺をぷいぷい散歩したら、慣れない鈴懸と袴に、袖や裾《すそ》を枝にひっかけて破いちまったよ」

鳳珠が鈴懸の袖を見ると、確かに、大きな鉤裂《かぎざ》きを縫いあわせた跡があった。

「せっかくの儀式に、こんな衣装で悪かったなぁ。でも、布はいいものだし、織地の文様が鳳だろ？　おまえの新しい名前にぴったりだから……まあ、勘弁してくれ」

「不満なんてないです！　こんな素敵な衣装を着るのは、初めてでしたから」

笑顔で返す鳳珠に、巴陵が愛しげなまなざしを向けた。

そうして、巴陵が鳳珠を畳におろし、両腕を組んで見おろした。

「この間の、白衣が雨に濡れて乳首がばっちり透けた姿もよかったが、今日みたいに着飾った姿も悪くないな」

「あんた、あの時、あの状況で、そんなことを考えてたのかよ！」

思わず鳳珠が素で突っ込むと、巴陵が笑った。

「俺は、どスケベ大天狗だからな。いつだって、そういうことを考えている！」

胸を張り、堂々と巴陵が答える
「そうしちまうのは、相手がおまえだからだ。……そこんとこ、わかってんだろう？」

衣擦れの音がして、巴陵が畳にひざまずく。そうして、鳳珠の右足を手に取ると、下駄を脱がせ、脚絆《きゃはん》を外して、現れた素足の甲に口づけた。

上目遣いで鳳珠を見る巴陵の瞳が、男の色気に滴るようであった。

あぁ……。

金の瞳に見据えられ、鳳珠の全身がぞくぞくと粟立《あわだ》った。

これだ。この瞳。強い天狗そのものの……。俺は、この瞳に、あらがえない。瞳に宿る炎に、身も心も焦がされる。

燃えてしまう。

念紋から伝わる情欲に、鳳珠の身も心も染まってゆく。

「着飾ったのを脱がせてゆく……ってのは、堪らねぇなぁ」

巴陵が畳に座る鳳珠の足首をつかみ、ふくらはぎに向かって撫であげてゆく。

巴陵はまなざしを鳳珠の顔に向けたまま、素足の親指を口に含んだ。指を吸いあげ、指の股を舌で舐め、足首やかかとを手で撫でる。

「あ……。あっ」

こんな場所は、性感帯ではない。性感帯ではないのに、感じる。

股間に熱が、気が、集まって、鳳珠が畳に爪《つめ》をたてた。

「いい声だ。まだ足しか触ってねぇのに……。この分だと、裸になる前に、イっちまうんじゃないか？」

余裕たっぷりに巴陵が煽り、鳳珠は羞恥《しゅうち》に全身が熱くなる。

「だって……、するの、久しぶりだし……。あんたが変にやらしいし……」

「俺はいつだって、いやらしいぞ？」

「そういうんじゃなくって！」

他愛ない会話の間に、巴陵が鳳珠の頭襟を取った。

改めて巴陵が鈴懸と袴を脱いで白衣姿になり、鳳珠の残った下駄と脚絆を脱がせた。

「また、足……舐めるの？」

「舐める。鳳珠の全身、くまなく舐める。うなじも、乳首も、股間も尻の穴も。全部、俺のものだからな」

「……どスケベ天狗」

陰茎や菊門を舐められる快感を想像して、鳳珠のうなじが朱に染まった。

巴陵は鳳珠の左足に舌を這《は》わせながら、膝裏を指先でくすぐった。

「ふ、う……っ」

鳳珠の左脚を抱えると、巴陵が袴の上から太腿をじっとりと撫でさする。そんなことにさえ、鳳珠の肌は敏感に反応する。

巴陵が鳳珠の袴に手をかけ、ゆっくりと丁寧に脱がせた。白衣の裾から膝と白い脚がのぞく姿に、巴陵が生唾《なまつば》を飲んだ。

「全裸もいいが、こういうのも悪くないな」

うんうんとひとりごちると、巴陵が鳳珠の左脚を持ちあげて、膝裏に舌を這わせた。

柔らかな皮膚を吸いながら、指先は白衣に覆われた内腿や脚のつけ根をさまよう。

見えない部分を、巴陵の指が、羽毛でそっと撫でるかのように動いてゆく。指がどこに向かうのか、鳳珠には想像もできない。指先が通り過ぎ、ざわめきはじめた肌に、巴陵の唇が触れては離れてゆく。

「ふぅ……っ。ん……っ」

肌のざわめきに、鳳珠の腰が落ち着きをなくして揺れている。褌に覆われた股間では、先端が密かに蜜をもらしはじめていた。

こんな……こんなことでさえ、気持ちいいんだ……。

念紋を交わしあった前と後では、体の感じ方が違った。巴陵のわずかな愛撫にも反応し、肌が敏感になり、血が熱が昂ってしまう。

そして、もちろん、肉筒も。

尻肉に挟まれた立《た》て褌《みつ》の下で、菊座が疼きはじめている。

巴陵は前言通り、内腿や脚のつけ根を唇と舌で責めると、鈴懸を脱がせた。

白衣だけをまとう鳳珠を、巴陵が改めて見やる。

襟が乱れ、胸元がのぞいている。なだらかな白い胸元を飾る突起は、見えそうで、見えない。

「あぁ……。そそる。すげぇそそられる！」

指をいやらしげに動かしながら、巴陵がいう。

そうして、鳳珠の右手を取り、念紋に口づけた。

「んっ……」

特別な場所への口づけに、鳳珠が声をもらす。巴陵はそのまま指先に唇を移動させると、人さし指を口に含み、指の股に舌を這わせた。

本当に、全部、舐める気なんだ……。

指の股を舐められると、くすぐったさが勝ったが、手首の内側を吸いあげられると、息があがった。肘の内側さえも気持ちよく、肌が粟立つ。

両腕をあますことなく口づけたところで、巴陵が白衣を脱がせにかかる。

首を挟んで両肩に手を置き、左右にすべらす。肩が露《あら》わになり、もろ肌脱ぎになったところで、鳳珠が羽根をしまった。

襟元が大きく開いて、夜気が火照った鳳珠の肌に触れた。ここまでの愛撫で、全身はすっかり目覚めている。

「巴陵様……」

切れ長の瞳で鳳珠が巴陵を見やると、巴陵が心得ているとばかりに脇腹に手を置いて、脇の下までゆっくりと撫であげた。

あぁ……気持ちいい……。でも、ここじゃなくて……。どうせなら、乳首とか、触ってほしいんだけど。

脇の下から手が離れ、鳳珠がこんどは胸を触るかと期待する。しかし、巴陵は鳳珠の背中に手を回し、肩甲骨をゆったりと上下に撫でさする。

「巴陵、様……」

純粋に、肩甲骨を撫でられるのは心地よい。けれども、目覚めた体は、それでは足りないと訴える。

「どうした？　そろそろ、口が寂しいか？」

巴陵がそういって、鳳珠の唇に唇を重ねた。熱い舌に唇を舐められると、うなじがちりちりする。

口を開けると、鳳珠は自ら舌を突き出し、巴陵の舌を舌先でつついた。象牙《ぞうげ》の粒を撫でる巴陵の舌裏を、舌で舐め、その熱と感触を味わう。

ふたつの舌が絡みあうと、くっきりとした快感が鳳珠の股間に生じた。

口吸いって、やっぱり、気持ちいいなぁ……。

快楽に貪欲となった鳳珠は、両手をあげて巴陵の顔を挟み、腰を浮かせてより深く口づけをする。

湿った、淫靡な音が寝間に響いた。

巴陵の唾液《だえき》は甘く、躊躇《ちゅうちょ》なく鳳珠が嚥下《えんか》する。巴陵の体液が粘膜に触れて、体の内側から鳳珠が熱に犯されてゆく。

熱い。熱い。……体が、また熱くなってる……。

欲望の赴くままに、鳳珠が巴陵の舌を捕らえ、柔らかな肉を貪る。

巴陵は鳳珠の好きなようにさせながら、その手を鳳珠の腰に添えた。まだここは触っていないとばかりに、太腿を撫で、双丘に手をやった。

白桃のように瑞々しい尻肉を揉み、立て褌の下に指をもぐらせる。

「んっ」

一瞬だけ、巴陵の指が後孔に触れた。途端に、甘酸っぱい快感が股間を襲う。

「巴陵様……。巴陵様」

もう堪らない。乳首もそこも、触ってほしい。巴陵の鼻の頭や頬に口づけながら、鳳珠が甘い声で念者を呼ぶ。

巴陵の指が褌にかかり、巻き込んだ布を外している。

鳳珠は昂りに身を任せ、巴陵の唇に嚙みつくように口づけた。

半分ほど褌を緩めたところで、巴陵は唇を重ねながら、鳳珠をあおむけに寝かせた。

そうして、すんなりと伸びたうなじに唇で触れ、いまだ布に覆われた鳳珠の股間に手を添えた。

「んっ……っ」

予想していない、性器への刺激に、鳳珠が胸を突き出すようにのけぞる。

「だいぶ勃《た》ってるな。一度出しちまうか？」

「どっちでも……いい。それより、早く、巴陵様がほしい……」

濡れた瞳で訴えると、巴陵が嬉しそうに笑った。

「前より、後ろの方が、感じるか？」

布の上から鳳珠の陰茎を指で挟み、そっと上下に擦りながら、巴陵が尋ねる。

「どっちも、同じくらいいいけど……。でも……前だと、俺だけが気持ちよくて、後ろだと巴陵様も気持ちいいから……俺は、そっちの方が、いい」

鳳珠が巴陵の左手を右手で握った。念紋を持つ手が重なって、巴陵が目を見開いた。

「おまえって奴は……」

巴陵のつぶやきとともに、強い、深い感動——愛情——が、念紋を通じて鳳珠に流れ込んできた。

なんて、愛しい。愛している。愛さずには、いられない。

「最っ高に、気持ちよくしてやる」

力強く宣言すると、巴陵が通力で潤滑油を手元に引き寄せた。

あそこを、馴らすんだ。

挿入を意識して、鳳珠の喉がごくりと鳴った。しかし、巴陵は潤滑油を手元に引き寄せただけで、畳に置いてしまう。

思った通りに進まない。予想と違う流れに、鳳珠がもどかしく思う。

ほしい、と、鳳珠の内で獣が囁く。

馴らさないなら、せめて乳首とか……触ってほしいんだけど……。

そう考えながら、鳳珠が巴陵を見る。が、巴陵は全身を舐めるつもりのようで、丹念に鎖骨の窪《くぼ》みに舌を這わせている。

鎖骨の次は、左脇だ。脇で舌に円を描かれると、そこも性感帯だったようで、鳳珠の息があがった。

「こういうとこも、案外、感じるだろう？」

「う、うん……」

中途半端な快感に、もどかしさが強まる。欲しいという感情が胸に溜《た》まってゆく。

巴陵は律義に右脇も責めると、今度は、鳳珠をうつぶせにした。

乳首は、まだ……いじってもらえないんだ。でも、この態勢だったら、馴らしが先かもしれない。

秘部を覆うものはなく、巴陵の指や口で愛撫されることを想像して、鳳珠が胸を弾ませた。巴陵は首のつけ根に口づけると、鳳珠の腰に指を伸ばした。

おしい、違うっ！

……俺がどうしてほしいかなんて、巴陵様には、わかってるはずなのに。

なのに、焦らされる。

もっと、もっと俺をほしがれとでもいうように。

「あぁ……」

鳳珠は熱い息を吐くと、敷布団に額を押しつけた。

巴陵の愛撫は、物足りなさはあるが、決して、気持ちよくないわけではない。

背筋を指で辿られれば、背中がのけぞる。尻の上の窪みに円を描かれると、後孔に熱が集まった。

あぁ……熱い。まだ、触られてもいないのに、中が熱い……。

下腹部に集まる熱を持て余し、無意識に鳳珠が尻をあげ、腰を揺らす。

その弾みで、ゆるく腰に巻かれていた布が落ち、鳳珠の股間が露わになった。

「いやらしい眺めだなぁ」

覆うものがなくなった鳳珠の下半身を見て、巴陵が嬉しそうな声をあげる。

巴陵の視線は、丸く円を描く尻を、そして赤く染まった襞を通り、そそり立つ陰茎に向かう。

巴陵様が、見てる。視線を、感じる。

金の瞳は目力が強く、見られるだけで、触られているかのように圧を感じる。

「あぁ……」

甘く切ない吐息をもらす鳳珠の陰茎では、先端から蜜がにじみ出ていた。

「本当、いい尻だよなぁ。ずっと見ていたいけど……そうもいかねぇし」

巴陵が羽根をしまった鳳珠の背中に覆いかぶさる。背筋に舌を這わせながら、手が太腿を撫で、そして尻肉をわしづかんだ。

ゆっくりと尻を揉みしだかれると、嫌でも鳳珠は菊座を意識してしまう。尻の形が変わるたび、襞が引っ張られて、中の粘膜が反応する。

気持ちいいからではなく、気持ちよくなりたいと、そこが強く欲している。

いつの間にか、巴陵の顔が腰――尾てい骨――まで移動していた。熱く湿った息が吹きかかると、鳳珠の肌がざわめく。

「ここ、感じるだろう？　ここは、性欲のツボだからなぁ。ここを舐められると、堪らなくなるんだ」

そういって、巴陵が舌先で窪みをつつくと、鳳珠の身の内で気がざわめいた。

「あ、あぁ……っ」

思い出した……。最初にシた時、よだれが出るほど気持ちよくなったのって、これをされた時だった。

ゾクゾクと肌が粟立つ。尾てい骨に気が集まると、血と熱が股間に集まった。

「や、あ、巴陵様ぁ……」

ぐんと鳳珠の陰茎がそり返り、下肢から力が抜けてゆく。

なにより、中が熱くて、馴らしてもいないのに蕩けはじめている。

巴陵が窪みを吸いあげると、肉筒がひくついた。そこを満たす肉が、ほしくてほしくて堪らなくなった。

「巴陵様。……巴陵様……っ。早く、挿れて。中に、挿れて」

あられもなく鳳珠が懇願すると、巴陵が顔を移動させ、襞をひと舐めした。

「んん……っ」

鳳珠が身を捩《よじ》らせると、巴陵が顔をあげた。

「馴らしてやるよ。膝をついて尻を高くあげられるか？」

「はい。……はい」

巴陵の言葉に、鳳珠が膝を曲げて尻をあげる。股間では、先端が熟れた果実のように赤らみ、雨に打たれたように濡れている。

巴陵は右手の指に軟膏を塗りこめると、膝立ちして左手を鳳珠の胸元に伸ばした。

おもむろに乳首を摘《つ》まみ、親指と人さし指でぐにぐにとこねる。

予想もしない愛撫に、鳳珠が息を呑んだ。

「あっ。あっ……っ」

じわりと胸元に広がる快感に、あっという間に乳首が尖《とが》りを帯びる。

「いいっ。あ、あぁ……っ」

鳳珠の目尻から、涙がこぼれた。

いやいやをするように首をふる鳳珠の襞に、巴陵が指で触れた。そこを円を描くように撫でられると、鳳珠はもう、堪らなくなっていた。

巴陵の指が中に入ると、蕩けに蕩けた肉壁がそれを締めつける。

「あぁ、あっ。あぁ……」

絶え間なくあえぎ声をあげながら、それが陰茎であるかのように鳳珠が尻をふり、腰をくねらせる。

「おいおい。そういう色っぽい仕草は、俺の摩羅を咥えた時にしてくれよ」

そういいつつも、巴陵は満足そうな顔でそこから指を抜いた。

「あっ！」

満たすものがなくなり、鳳珠が不満そうな声をあげると、今度は二本の指が襞をこじ開け、入ってきた。

「いい、んっ。いい……。けど、もっと……」

こんなものでは足りない。巴陵の楔は、もっとすごいと、体が叫んでいる。

巴陵が指を動かして、まとわりつく肉壁を馴らしていった。

熱い、熱い。中が熱い。頭も体も熱くて堪らない。だけど、俺はもっと熱くなりたい。

熱くて太くて硬い肉を、中で感じたい。

これ以上ないほど感じていても、鳳珠の飢えは治まらなかった。

そして、巴陵が指を抜き、指を増やして挿れられると思った鳳珠の襞に、熱くて太いものが触れた。

巴陵は右手で己の竿を支え、左手で鳳珠の腰をつかんだ。そうして、ぽっかりと開いた菊門に切っ先が触れた。

「あぁ……っ」

襞が開き、続く肉の壁がこじ開けられる感覚に、鳳珠がのけぞった。

まさか、こんなに早く挿れられるなんて……！

予想外の挿入に、鳳珠は虚を突かれ、次の瞬間全身を歓喜が染め抜いた。

「いいっ。……いい、あぁ……あぁ……」

ここまで、焦らしに焦らされてきたのだ。

突然のご褒美に、鳳珠は我を忘れて快感に身を委ねた。

中に……巴陵様の摩羅が、入ってる。入ってきている……！

肉壁をこじ開けられる悦《よろこ》びに、鳳珠が歓びの涙を流す。

挿入は突然だったが、その分、巴陵はゆっくりと楔を進めた。

あぁ、今、半分くらいだ。もっと奥まで、そうもっと奥まで入ってくる……。

目を閉じて、肩で息をしながら鳳珠は男根の動きを追っていた。蕩けて火照り、敏感になった粘膜が、すべてを伝えてくる。

「すごく、いい……。あぁ、なんて……なんて……」

切っ先が奥に達すると、それだけで甘く痺れて、最高だった。

「俺も気持ちいいよ。この具合、堪んねぇよ」

巴陵が改めて鳳珠の腰を両手でつかみ、抜き差しをはじめた。

楔に擦られるだけで、快感が生じる。しかも、とても強い快感が。

もう、こんなに気持ちよくなってる……。これって、やっぱり念者になったから？　それとも、さっきさんざん焦らされたからなんだろうか？

ふと、鳳珠の頭を疑問がよぎるが、奥まで突かれた途端、すべて霧散した。

「あっ。あぁ……っ。ん、んっ……っ」

甘い声をあげながら、鳳珠は快楽に溺れていた。

すでに中はこれ以上ないほど熱くなっている。なのに、巴陵の男根はもっと熱く、触れたところが火傷しそうだ。

混ざりあう熱が鳳珠の股間を昂らせ、今日はほとんど触られていないのに、硬く張りつめていた。

先端に性感帯を擦られて、透明の蜜が溢れる。赤く染まった亀頭が、淫《みだ》らに濡れた。

「はぁ……。あ、あぁ……っ」

肉と肉がぶつかるたびに、快感が生じる。余韻が残る間に、新たな刺激を与えられ、鳳珠は次第に何も考えられなくなってゆく。

「ん……っ。いい……。いい……」

鳳珠が尻を震わせると、巴陵が楔で中をかき回した。

「ああっ。あぁ……っ」

あまりの快感に、鳳珠は足の指がそり返る。

もう、鳳珠は何をされても気持ちよかった。

快感で体が蕩け、全身が熱くなり、白い肌を薄桃に染めながら、甘い声をあげる。

「あぁ……。いいねぇ。この姿。クソな幻覚より、よっぽどそそる」

満足げに巴陵がひとりごちるが、鳳珠には意味がわからない。

そして、巴陵はとどめとばかりに抜き差しを再開する。

しかも、強さも速さも、増して。

「あ、あぁ、ん……っ。あっ、あっ、あぁ……っ」

素早く擦りあげられて、粘膜が熱くなる。腰を引かれた時には、内壁が引っ張られる快感に声があがる。

「こんな、こんな……っ。もう、イく……っ」

奥深くまで先端を感じた瞬間、鳳珠に限界が訪れた。

硬く張りつめた陰茎が脈打ち、白濁が管を駆けあがる。

吐き出すごとに下腹が震え、後孔が男根にまとわりついて密着した。

射精して、鳳珠の体が弛緩《しかん》する。けれども、内壁はうごめきながら巴陵の陰茎にまとわりついたままだ。

後孔からの愛撫に、巴陵が息を呑む。

強い快感を与えてくれる肉棒が愛しいと、肉壁が口づけをするかのように。

「これが、念者とのまぐわいってやつか……。こりゃあ、堪らねえ。ほかの奴とやることなんか、考えられなくなっちまうなぁ……」

情欲より情愛の勝ったまなざしを巴陵が鳳珠に注ぐと、改めて楔で肉を穿《うが》つ。

解放により弛緩した体が、深くまで切っ先を受け入れる。

襞はすでに限界まで開ききっていて、淫らに男根を飲み込んでいる。

巴陵が突くたびに、深奥まで満たされて、たちまちのうちに血が、熱が、再び集まりはじめていた。

「あぁ……っ。も、もう……っ」

感じるのが、怖いほどの快感だった。

柔らかな肉は、巴陵の陰茎に触れて快楽のるつぼとなり、鳳珠の息があがる。

「いいっ。い、いい……っ。もう、もう……」

首を左右にふりながら、鳳珠がのけぞる。

「こんなに、いいの、はっ。初めて……っ」

うわごとのように口にした瞬間、目じりに溜まった涙が頬を伝う。

巴陵の口角があがった。

その言葉を待っていた、といわんばかりに巴陵の抜き差しが激しさを増し、鳳珠の体が前後に揺さぶられる。

「巴陵、様……っ。ああっ。んっ。あ、あぁ……んっ」

体が熱くて、巴陵様の摩羅が気持ちいい。こんな快感……。もう、もう……っ。

こみあげる快楽が喉元までせりあがる。

そして、巴陵が布団に膝をつき、腰に添えた手を鳳珠の股間にやった。

熱い手のひらが、震える陰茎を握り、柔らかな筒を形作る。

「こうした方が、もっと、気持ちいいだろ？」

上機嫌な声がしたかと思うと、激しく奥まで突かれた。

肉筒に擦られて、鳳珠の茎が色めきたった。

後ろだけではなく、前でも快感を与えられて、鳳珠のうなじがそそけ立つ。

「こんな……っ、こんな……っ」

あえぎながら、鳳珠は、この快感には果てがない、と思う。

どこまでも、どこまでも気持ちよくなってしまう。

快楽の涙でぼやけた視界に、右手の甲が入った。

あぁ、そうか。……こんなに感じるのは、念者になったから、なんだ。

念紋を通して、巴陵の快感が——欲望が——、鳳珠の体を満たしている。

念者とのまぐわいは、粘膜の接触であり、血と熱が昂る行為であり、それ以上にふたりの気が混ざり合う、魂の交歓だった。

こんなにほしいと思われたら、俺だって、ほしいと思っちゃうよ。そして、それが念者ってことなんだ……。

快感とは違う何かが、甘く鳳珠の胸を満たし、泣きたくなるような喜びを伝える。

立て続けに浅く突かれて、鳳珠の息があがる。

身も心もすべて巴陵に委ねると、鳳珠の先端から蜜がこぼれはじめた。

びくびくと震える陰茎、そして蕩けた内壁で感じる巴陵の肉棒。

すべてが快感で、歓喜そのものだった。

「そろそろ、イく……」

余裕のない声で巴陵が伝えた。鳳珠がうなずくと、巴陵が腰を引き、二度、三度と浅く突き、そして深く楔を奥まで叩きつけた。

熱い飛沫が放たれると、鳳珠の体の芯から震えが走った。

なんて……なんて……！

注がれたのは、精液だけではなく、巴陵の鳳珠に対する想いも含んでいた。

愛しいと、体の内側から感じるのは、とてつもない幸福であった。

「巴陵様……っ。あぁ……っ」

気持ちと肉の昂りの命ずるままに、鳳珠もまた、精を放っていた。

巴陵は射精を終えると、鳳珠の体に覆い被さった。背後からしかと鳳珠を抱きしめ、そのまま横向きに布団に転がった。

鳳珠と巴陵は、つながったままだ。まぐわいの余韻に浸りながら、鳳珠が巴陵の左手に右手を重ねようとして、「あ」と、小さく声をあげた。

「……どうした？」

「俺の念紋が、前と違う……」

「へぇ。どうなった？」

巴陵が左手をあげて、新たな鳳珠の念紋を見た。

「前は青葉が二枚だったが、これは……羽根……いや、翼かな？　数は変わらねぇな」

「ふたつの翼、ですね」

念紋は、その天狗そのものの存在、ありようが意匠となって現れたものだ。

右の翼が折れてる俺に、ふたつの翼の念紋か……。

なんだか、不似合いな気がするな。

小首を傾げつつ、鳳珠が口を開く。

「葉っぱが翼になったのは、俺の名前が青葉から鳳珠になったから……ですよね」

「あぁ。たぶん、こりゃあ、鳳の翼だ。俺とお揃いだな」

嬉しげにいうと、巴陵が左手で鳳珠の右手をつかまえた。

巴陵様の念紋は鳳。そして俺には鳳の翼がふたつ……。

あぁ、そうか。そういうことか。

ふいに鳳珠は、答えがわかった気がした。

「じゃあ、これは、二羽の鳳の翼でしょう。俺が飛ぶ時は、いつも巴陵様と一緒だから……。飛ぶ時は、いつもふたりで……って意味なんだと思います」

この先ずっと、そうだとしたら、巴陵様の迷惑になる。

そう思わずにはいられなかったが、同時に、「飛びたい」といえば、「応！」とおひさまのような笑顔で答える巴陵の姿が想像できた。

そしてそれは、想像ではなく、きっと事実なのだ。

少なくとも、そう心の底から信じられることが、とにかく鳳珠は嬉しかった。

俺は……幸せだなあ……。こんなに優しい天狗が念者なんだから。

愛している、と思う。大好きだ、と、心から感じる。
愛が鳳珠から溢れると、巴陵が翼を出して、鳳珠の体をくるむように抱いた。
両腕では鳳珠を抱くのに足りないといわんばかりに。
巴陵の翼は温かく、どこまでも優しい。
鳳珠はそっと目を閉じて、愛しい念者の温もりに、すべてを委ねたのだった。

あとがき

はじめまして、こんにちは。鹿能リコです。このたびは、『ぷいぷい天狗、恋扇』を、お手に取ってくださいまして、本当にありがとうございました。

この本は、趣味で妖怪図鑑を読んでいた際、「天狗は同性愛の象徴」という解説文を目にした瞬間、「書かねば！　天狗で、ＢＬを‼」という使命感に目覚めてできたお話です。とはいえ、天狗のことはほとんど知らなかったため、それから天狗について調べました。結果、天狗は時代によって定義が変わり、「これが天狗だ！」といえば、それが通ってしまう類のものだとわかりました。

何をやってもありなので、念紋制度は私が作った設定です。羽繕いもしていますが、マウンティングに類する行為のようです。……非常に残念です。他は、史料で読んだ要素をぶち込んでおります。天狗についての様々を知るのは、とても楽しかったです。

そんなわけで、天狗に関する知識を仕入れ、いざ妄想しはじめて最初に浮かんだのは、由迦と高室のお話で……。これはいかん、暗すぎる。ということで、主役交代。青葉（鳳珠）と巴陵のお話となりました。

青葉は、設定を「溺愛されて育った」にしたので、自分という芯がちゃんとある＝恨まない、すぐに他人を許す、とにかく他者の良い面を見てしまう、になるようにしました。

巴陵は、気持ちの切り替えの早い人、自分のやるべきことを素直に行える人、にしました。それもまた、自分がちゃんとないとできないことなので。このふたりは、本質的な部分が同じくらい強くて、それゆえに認め合い惹かれ合ったという設定です。

この小説におつきあいくださった編集様、本当にありがとうございました。今回は、良い子の脱稿で、ちゃんと締め切りに間に合ってよかったです。

挿絵を描いてくださった小路先生にも、心からの感謝を！　個性豊かに登場人物を描いていただきまして、感無量です！　本当に絵が上手いって、こういうことなのだなぁと、改めて認識いたしました。細やかに考えてくださり、ありがとうございました！

そして、ここまで読んでくださったすべての方々に、心よりの感謝を捧げます。

少しでも楽しんでいただければ幸いです。

鹿能リコ

本作品は書き下ろしです。

ラルーナ文庫

この本を読んでのご意見・ご感想・ファンレターなどお待ちしております。〒111-0036 東京都台東区松が谷1-4-6-303 株式会社シーラボ「ラルーナ文庫編集部」気付でお送りください。

ぷいぷい天狗《てんぐ》、恋扇《こいおうぎ》

2020年8月7日 第1刷発行

著　　　者｜鹿能《かのう》 リコ
装丁・DTP｜萩原 七唱
発　行　人｜曺 仁警
発　行　所｜株式会社 シーラボ
〒111-0036 東京都台東区松が谷 1-4-6-303
電話 03-5830-3474／FAX 03-5830-3574
http://lalunabunko.com
発　売　元｜株式会社 三交社（共同出版社・流通責任出版社）
〒110-0016 東京都台東区台東 4-20-9 大仙柴田ビル 2 階
電話 03-5826-4424／FAX 03-5826-4425
印 刷・製 本｜中央精版印刷株式会社

ISBN978-4-8155-3242-0

ポンコツ淫魔とドSな伯爵

鹿能リコ ｜ イラスト：れの子

捕縛した淫魔を使い魔に仕立て、
攫われたユニコーンの捜索に乗り出した伯爵だが…。

三交

LaLuna

毎月20日発売！ラルーナ文庫 絶賛発売中！

熱砂のロイヤルアルファと孤高のつがい

ゆりの菜櫻 イラスト：アヒル森下

エクストラ・アルファの王子とエリートアルファ管理官。
運命のつがいなんてありえない。

定価：本体680円＋税

三交社

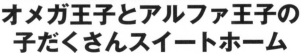

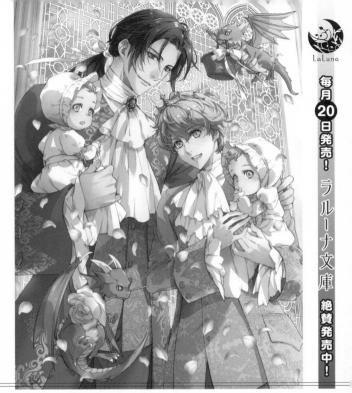